金曾豪 著

蓝调江南

图书在版编目（CIP）数据

蓝调江南 / 金曾豪著 . — 北京：中国书籍出版社，2018.8
ISBN 978-7-5068-6951-5

Ⅰ.①蓝… Ⅱ.①金… Ⅲ.①散文集—中国—当代
Ⅳ.① I267

中国版本图书馆 CIP 数据核字 (2018) 第 167726 号

蓝调江南

金曾豪　著

图书策划	牛　超　崔付建
责任编辑	张　娟　成晓春
责任印制	孙马飞　马　芝
出版发行	中国书籍出版社
地　　址	北京市丰台区三路居路 97 号（邮编：100073）
电　　话	（010）52257143（总编室）（010）52257140（发行部）
电子邮箱	eo@chinabp.com.cn
经　　销	全国新华书店
印　　刷	三河市华东印刷有限公司
开　　本	650 毫米 ×940 毫米　1/16
字　　数	205 千字
印　　张	13.25
版　　次	2018 年 8 月第 1 版　2020 年 5 月第 4 次印刷
书　　号	ISBN 978-7-5068-6951-5
定　　价	42.00 元

版权所有　翻印必究

目 录

老茶馆 / 001

听　书 / 008

八音刀 / 014

树德堂 / 023

呼　鸭 / 038

萤火虫，夜夜红 / 045

巷口小吃 / 053

电影船 / 063

网　船 / 069

家里的灶头 / 076

蟹眼天井 / 084

母亲树　/ 090
一头有名字的羊　/ 096
独角牛走过老街　/ 105
想念燕子　/ 114
海棠依旧　/ 120
高家竹园　/ 128
朱家坟　/ 139
干稞巷的秘密　/ 149
江南"水八仙"　/ 156
乡间小景　/ 173
赤脚走在田埂上　/ 193

老茶馆

旧时，常熟的每个乡镇都有多家茶馆。当然，有相当规模、所谓"数得上"的，一个镇也就是三两家吧。

低乡的练塘镇"数得上"的茶馆有两家：东园和西园。店名并无讲究，东园在东街，西园在西街，如此而已。店名也并不在门面上张扬，连幌子都省了。倒是"水筹"上有店名。在三寸长、一指宽的小竹片上烙上"某某茶馆支"的火印，抹一层桐油，就是茶馆发行的水筹了。一般有"一支"和"五支"的两种。每支水筹可打开水一瓶（热水瓶）。

我常去西园茶馆打开水，对西园更熟悉些。开水是在老虎灶上打的，所以老虎灶给我的印象尤其深刻。

老虎灶比真老虎大得多,有大象那样大。灶面上有四只汤罐,一只大锅和一只积锅。在大锅上接上两尺来高的木桶就成了积锅,用于囤积沸水。积锅之后是老虎的尾巴——烟囱,很粗,一直通到屋顶外面去。烟囱总是热烘烘的,绕着几道铁丝什么的,茶客淋湿了衣裳,脱下来挂到铁丝上烘,不一会儿就干了。老虎灶不吃人,吃砻糠。砻糠有两个进口,一个在烟囱后边,另一个由四只汤罐簇拥着。前一个火口连着一个倾斜的炉垫。后一个直通炉灶前膛,是生铁的,三号碗那么大的口径,有铁盖。"喂"砻糠时,先在火口上接一个铁漏斗,然后用畚箕来"喂"。旁边备有一根一米多长的铁钎,可插入火口去调火。

砻糠在那么大的灶膛里燃烧,有那么高的大烟囱抽着风,发出来的声音相当雄壮,俨然有虎的气势。用铁钎拨火时,"老虎"就轰轰地吼,好像挺生气的。拨火人的脸被映得通红。

西园茶馆的老虎灶和店堂没有任何隔断。如果不是夏天,这个庞大的、呼吸着的"老虎"会使店堂变得温暖而亲切。

旧时,学木匠的要在出师前用一个工时单独完成一架纺车或者一条长凳。纺车的结构繁杂,而条凳的榫和卯都是斜的,要做到严丝密缝,并不比纺车简单。泥瓦匠的"毕业论文"则是一座家用的双眼灶。粉刷完毕,你还得用墨水在"灶山"上画上传统的装饰图案。泥瓦匠都会砌灶头,但能打老虎灶的泥瓦匠极少,常常是几个乡镇找不出一个来。

为西园打老虎灶的是保根师。他名声在外,方圆几十里,说起老虎灶就会提起他。据说决定老虎灶发火不发火的关键是火门，那是在灶膛和烟囱的交接之处。老虎灶打到关键时刻，保根师照例会耍个手腕，把旁边的人支开，然后神神秘秘那么一弄，"老虎"一下子就活了。有的泥水匠细加探究，然后依样画葫芦，但结果还是不行，"老虎"不是奄奄一息，就是漏膛。其实，局部模仿是不行的，得综合考虑烟囱和炉膛的情况。火门控制着烟囱的抽力，抽力小了，"老虎"就雄壮不起来；大了，则容易抽走砻糠灰造成漏膛。

保根师每天来西园喝茶，他是这里唯一的免费茶客。西园的老虎灶很"发"，是他的得意之作。老人每天都会来摸摸暖暖的灶头。在他的眼里，老虎灶是有生命的。

东园茶馆用的是井水。那井的井径比常见的大得多，水好，而且丰沛。这么好的井毕竟不是掘地就有的，西园只能用河水，就在市河里取水。那时的河水清，按现在的标准，一般都在地表二级以上。在浅水活动的穿条鱼不用说了，仔细看时，在水草间还有土婆鱼出没呢！当然，毕竟是地面水，河水入缸之后还是要用矾"淀一淀"的。西园备有六口七石大缸，能轮番着"淀一淀"。缸是骑置在墙壁里的，一半在屋里，一半在屋外，分别配有半圆形的缸盖。屋外是进水口，屋内是取水口。这样置缸的好处是水担不进店堂。当年阿庆嫂帮胡传魁"水缸里边把身藏"，想来就是用的这种缸了。

小镇的流动人口不多，茶客多是熟客。他们中的大多数人是每天早晨都要来这里"孵一孵"的。如果某人缺席,别人就会打问原因,是不是出门了,身体怎么样了。问通讯地址,这些人都会说:"寄到常熟南门外练塘镇西园茶馆就是了,稳定收得着。"

西园备有红茶和绿茶两种。茶叶并不预置在茶壶内,而是备份在排成盘的小方纸盒中。茶客进店落座,跑堂的就到了身边,并不问要红茶还是绿茶,因为他知道这一位要的是什么。茶浆已经"杀"好在壶中了,配套上桌的还有一只青花的茶盅。

汪曾祺在京剧《沙家浜》里有精彩唱段:"垒起七星灶,铜壶煮三江;摆开八仙桌,招待十六方。"在常熟人看来,方的桌子不一定有资格称八仙桌。八仙桌是比较上档次的桌子,至少是桌脚与桌面相垂直的那种。脚与面垂直的桌子,必定是用硬木做的。茶馆里极少有这种桌子,用的是斜脚的方桌或者长桌。与此相配的是板凳,而且多是长条的,几乎没有椅子。一般不用陶壶,公用之物都用容易清洗的瓷壶。少数老茶客自备茶壶,用毕,自去洗净,放到橱里那个老地方,以备明日再用。

一日,我去西园打开水,见一桌子茶客正在研究一把茶壶,就过去凑热闹。原来是一老者在那儿摆弄着一个壶盖。壶盖上有五个字,均匀地绕着壶滴子排成一个圈:可以清心也。老者让人猜这个句子怎么念,从哪个字念起。五个都是常用字,这样隆重发问,必是陷阱,一时竟无人出声。最后的答案是:无论从哪个字读起都通的,可以清心也,以清心可也,清心也可以,也可以清心,心也可以清。汉字的独特妙处就在这热烘烘的老虎灶边,冷不丁地把少年的我撩拨了一番，使我心醉神迷。这是西园茶馆对我的一个小小的馈赠。

又一日，听茶客们在议论瞎子阿炳。几个老者说阿炳曾到过西园拉琴，拉的就是大名鼎鼎的《二泉映月》。听的人多，说话的人就来劲。另一个老者说那天茶馆的窗子外奇怪地聚集了好多狗，一声不吭地趴着，棒打不散。又一个老者说得更浪漫，说阿炳拉着拉着，冷不防从屋顶上掉下一条乌梢蛇来。说狗那个老者，忙配合，说阿炳胡琴上蒙的那张蛇皮也是乌梢蛇，说不定这两条蛇还有血缘关系哩……练塘镇离无锡不过四十公里，阿炳是有可能到过西园的，但黄狗与蛇的故事必是老人们的即兴发挥了。这样活灵活现的口头创作真是精彩得很。回想起来，西园茶馆对我的赠予还真是不少的。

茶馆一定是小镇上开门最早的店家。不为别的，只为茶客们到得早。茶客中老人居多，几十年了，他们早睡早起惯了，张开眼睛想到的第一件事情就是上街吃茶（他们不说喝茶）。想到那座轰轰作响的老虎灶，他们的心里就有一种舒坦的暖意。走到石拱桥上，就看见西园茶馆门板缝里漏出来的橘红色的灯光，心想："贼娘，今朝我是第一个到哩！"就很响亮地咳出几声来。

有的茶客身后还跟着一条草狗。跟着主人上茶馆，惯了，它们竟也成了瘾。在店堂里，在那么多的人腿和桌腿之间挤来挤去，又能和熟悉的同类碰碰鼻子，确实蛮开心的。也有带鸟笼来的，不多，无非是画眉、秀眼什么的。这里太嘈杂，不是常来的鸟不肯叫。

有的茶客孵一会儿茶馆之后还要去市场上卖些农产品，菜担子什么的就暂时放在后院里。一次，一个茶客带来一篓子小猪崽，不等上市就被人急火火地叫走了。没办法，茶馆老板只得义务养了一天小猪。

茶客暂时离开时，会把壶盖翻过来盖。这是一个约定俗成的暗号，堂倌见此就不会把茶壶收走。暂时离座的茶客大多是去吃早点的。腿脚不便的也可以在茶馆里"喊面"。堂倌抽空去面店招呼一声，不久就有面店的小伙计送面来了。碗面是放在提篮里的，不容易冷掉。提篮是长方形的，有两层，最多可放四碗面。送面的小伙计总是急促地小跑着，怕时间长了面条会烂掉。"喊面"要讲清楚加什么面浇，还有是否免青，是否紧汤什么的。"免青"就是免放葱花。那时我常想，"免青"的人真憨，那洒了葱花的汤面有多香啊！这时候，桌子底下的那些狗肯定快馋死了，它们巴望喊来的都是排骨面。

堂倌提着铜吊子来续水。左手的小手指点着茶壶，拇指和食指掀起壶盖；提吊子的右手一抬，一"截"开水就像小白兔一样窜进了茶壶。续水有"凤凰三点头"的美言，但真有经验的堂倌只"一点头"就够了，当他的小手指点着壶身时，他就大概地知道壶中还有多少剩水。有功架的堂倌很少将水洒落，"滴水不漏"就是形容这一手的。在续水过程中，堂倌总是在不停地和人说话或者自言自语。这么说着话可以避免和人相撞，还能活跃店堂里的气氛。

蓝调江南

店堂里总是热闹，因为每张嘴都在说着话。有了这嗡嗡嘤嘤的背景音响，旁桌上的谈话一般是听不清楚的，你尽可以指点人间，娓娓而谈。茶馆本来是乡村的新闻集散地，是一张口头的报纸。上至国际风云军国大事，下至家长里短鸡毛蒜皮，在这里均有发布，均有点评。

若是发生家庭矛盾、邻里纠纷，当事人往往会约定到某茶馆"吃讲茶"。"吃讲茶"就是当事人一起到茶馆去诉说情理。茶客们自然会对此进行评说。在大庭广众之中摆到桌面上来说，而且茶客大多与当事人并无利害关系，所以评说起来大致是能公正的。有名的沪剧《阿必大》里，代表正义一方的婶婶说了句："明朝和侬去茶馆评评理！"就把虐待童养媳的婆婆吓得瘫坐于地，可见茶馆是代表着乡村的舆论的。

乡村里的手工业小头目都是茶馆的常客。所以，用泥木油漆工的人会到茶馆里来"喊工"。一般说来，"喊工"时，茶馆的早市就到尾声了。

泡杯茶喝，在家里更是方便，那些老茶客为何偏要赶早赶晚聚到这简陋的茶馆里呢？当然，这时候提这个问题已经不成问题了。

每年大年初一早上，我总会想起故乡那个叫西园的老茶馆。年初一早上，那里的每一把茶壶里都会有一枚免费的青橄榄。

听 书

"听书"是苏南俗语，这里的"书"指苏州评弹。评弹是评话和弹词的合称。

书场是茶馆兼营的。茶市既罢，将桌凳稍加调排，就成书场了。书台是固定的，木制，高二尺左右，两边各有阶梯接脚，有三级，取"连升三级"之意。台上置桌椅。桌是"半桌"，开评话（俗称"大书"）时横置，开弹词（俗称"小书"）时竖放。桌帷和椅披用彩缎制成，配以明黄流苏，场子里顿时就有了艺术气氛。椅子上还有蒲团，用素色缎子饰面，挺讲究的样子。蒲团有来历，是当年乾隆爷赐予的。相传乾隆下江南时召评弹名家王周士御前说书，见王周士站着难于弹唱，特赐蒲团准坐，蒲团从此成了书台之宝。墙上有水牌,写明所请先生、日夜场所弹唱的书目。又有对联,如:"舌灿莲花弹唱离合悲欢,胸中成竹评说今来古往。"

紧靠书台的长桌称状元台。原称老人台,为年老耳钝者特设,后来少壮者常杂坐其间,名不副实,索性更名。

书场一般开下午场和夜场两场。夜场书更受重视,都是说书先生的看家书目。

场子里有提篮小卖,无非是西瓜子、南瓜子、花生米和五香豆之类的消闲小吃。回想起来,这些提篮小卖的妇人在无意间为评弹培养了观众呢!我跟着大人去听书的本意就是为了这些小吃,后来耳濡目染,慢慢喜欢上了听书。

一个堂倌来为汽油灯充气,另一个上台为说书先生备茶水。这是开书的信号。提篮小卖的赶紧收起生意。

男先生和女先生上台了,亲切地微笑着,一举一动都挺考究,努力携带一点书卷之气。

开书前,书场门口总有些妇女挤挤地站着。她们是来听开篇的,更是来观赏女先生的"行头"的。女先生的服饰化妆都十分考究,一排书说十五天,每天的服饰不会重样。那时,小镇上的时装潮流可能是她们引领的吧。所谓"开篇"即是正书之前加唱的小段子,和正书无关。常唱的名篇如《宝玉夜探》《莺莺操琴》《战长沙》《林冲踏雪》等,辞藻极其精美,是文人和艺人反复打磨出来的精品。"香莲碧水动风凉,水动风凉夏日长。"这一些文学味极浓、音乐性极强的句子使我钦佩尤加。

开篇之后，收场的门帘就放下了。门口的妇人自动散去，一路上还在津津有味地延续着关于服饰和嗓子的话题。

男先生穿长衫。衣料相当讲究，不是毛哔叽就是派立司。衣袖长出几寸，连同白衬衣的袖子一齐翻折成洁白的一截。先生带上书台的还有老三件：折扇、手帕和醒木。三件皆有实用，又都是道具。尤其那折扇，一会儿是刀枪剑戟，一会儿是船帆状纸，说什么像什么，神了。衙门里案桌上的木块称惊堂木，在说书先生这儿就叫醒木。关节处拍一记醒木，也能惊天动地，吓走听众的瞌睡虫。琵琶和三弦是早就备在半桌上的，那样般配地并放着，任从什么角度看都能看出线条和木质的美感来。

那时，我与其他孩子一样，对这两件乐器并无好感。使我们入迷的是故事，对打断故事的弹唱挺烦的。最怕先生抱起乐器来慢慢地唱。"小书一段情，大书一股劲。"听评话就没有这个麻烦，醒木一响，故事哗哗地流。

起先，听唱是被迫的，后来，居然就渐渐地听出些好处来了。蒋调的清雅，徐调的温软，琴调的潇洒，张调的激昂……到能接受弹唱的时候，我已经是个大孩子，再不好意思拉着大人的衣角进场听"白书"了。

几个大孩子凑在一起商量，想出了"派代表"的穷办法——每个人凑点钱，供一个人去听书，次日找个时间让他向大伙传达。派出的代表是我们中最能模仿说书人的，受此重托，竭力地绘声绘色，却远远没有原版的生动迷人。故事是有的，但听半天也"进不去"故事里。这是怎么啦?想想这个问题,多少使我悟出点艺术的真谛。说书人远远不只在讲故事,他们把难叙之事娓娓道来,把难状之物呈之目前,把难言之情诉出微妙,看似随口而出,其实句句都是有心的:有时细针密缝,有时一表千里,说噱弹唱演,皆追求具体、生动、传神。这种追求是和小说一致的。那时候,我是非常钦佩那些评弹艺人的,惊讶于他们能凭一张嘴把故事说得悬念迭出引人入胜,把人物刻画得血肉丰满栩栩如生,把人情世事评点得练达洞明。在我少年的眼中,这些穿戴整齐、温文尔雅、说古道今的说书先生是值得信赖、应当尊敬的。他们通过历史和道德知识的传播,在不经意间薪传着我们民族的文化传统。这样的口头传播在乡村尤其重要,因为那时候的乡村比城里有着更多的文盲和准文盲,口头传播是他们获得知识的主要途径。通过口口相传,代代传承,不识字的人同样可以通情达理,具有相当高的道德水准。他们不识字,但我们不可以说他们没文化。识字不等于有文化,那些握有文凭的卑鄙者才是最没有文化的人。

话说回来,听书还得听原版的。东园茶馆坐南朝北,书台背面是一排格子长窗,窗外便是练塘河,河里总有泊在镇上过夜的船只。快到开书时,我们几个就去说动一个船主,让他把船泊到东园那边去。这样,我们就能在船上听隔窗书了。听隔窗书不是全天候的,天凉,书场的窗子关起来,隔窗书就听不成了;天热,窗子开着,可水上的蚊子多,得不停地和它们战斗。羊尖镇上有我的一个朋友叫李钟瑜,他们家和书场只隔一道墙,他可以躺在床上通过一个墙洞听书，真是美妙极了。房间在二楼，墙洞高踞于书场接近房梁的地方，书场老板是不会认真追究的。对这个宝贝墙洞，我只有羡慕的份，因为羊尖镇远在三十里之外。我后来写作《有一个小阁楼》，就是得到了这个墙洞的启发。

听隔窗书总是不过瘾的。总是有了阻隔，声音邈远飘忽，更重要的是看不见说书人，使评弹的魅力大为逊色。

听书到了关键环节，我们只好老着脸皮混进场子去过把瘾了。我说过，东园书场是背靠着河的，而且书场还有一个"水后门"可以利用。卷起裤腿，沿着石驳岸淌一段，就到了一个水栈（水后门），登上十几个石级，穿过厕所，再走一段小弄堂，就从侧后进入了书场。这时，书已开讲，一切都安定下来了。老听客是不会嫌我们的，因为他们小时候也是这么过来的。他们的眼神里甚至还有些欣慰哩——有接班人的确是值得欣慰的。有了这些"基本群众"，加上堂倌停止了续水，我们被撵的可能性不大。当然，"小落回"的时候我们会去厕所里避避风头，给堂倌一点面子。其实，无论老板堂倌还是说书先生，对我们都是没有反感的，他们知道培养听众的重要性。

说书先生和听众的关系是很特别的。老听客中有文化素养较高的人，更不乏见多识广、谙熟世事人情之人。评弹是弹唱世事人情，评点善恶美丑的艺术，这些人会情不自禁地参与到创作中去。

散书场之后，有话要说的老听客会留下来，当面"扳错头"。哪一节书不合情理，哪一句唱词不合韵辙，哪个词用得不切……一位姓秦的年轻先生说《再生缘》，因为尚在修改过程中，还有些夹生，上台之后"话搭头"连连，老是"奈末""老实讲"。"小落回"之后先生回到台上，发现书桌上放着一个小纸包，打开一看，是一把西瓜子和五香豆。包纸上还有一首打油诗："多少奈末老实讲，好像念经老和尚，瓜子豆粒代记数，请你自己数清爽。"先生读罢脸颊发烫，当场拱手表示歉意。老听客不但"扳错头"，还会出点子，听说《杨乃武与小白菜》中的几张处方就是由一位当中医的老听众改定的。

评弹艺人生活在听众之间，大多虚心好学，乐意和听众切磋书艺。这实在是苏州评弹的好传统。那些传世精品，那些人气旺盛的响档，正是在这样的环境里一点一点打磨出来的。

评弹艺术出现在苏南，并非偶然。只有深厚的文化土壤才有可能培养出这一艺术奇葩。苏州评弹始盛于清代，在我少年时代，评弹在常熟还是相当繁荣的。常熟听众对评弹有相当高的欣赏水平。评弹界流传过一种说法：要出道，须在常熟的湖园和龙园接受听众鉴定，然后才能遨游江浙沪的三关六码头。除了书场的普遍听客的众多，常熟还涌现出了许多评弹名家，如黄异庵、陈希安、蒋云仙、华佩亭、侯丽君、赵开生、钟月樵、张翼良……一时都数不过来了。常熟实在无愧于"苏州评弹第二故乡"的美誉！

作为常熟人，我很幸运，因为评弹确实给过我许多文学艺术方面的教益。可以说，评弹是我的第一个文学老师。

八音刀

小时候，头发长了，母亲就给我一角钱，说："去桥堍剃个头吧。"

那个理发店没有店名，因为开在石桥堍，所以大家习惯性地把桥堍当作它的代称。桥堍只一开间门面，却进深，四只理发椅子排得稀稀的，还有余地放置洗头盆什么的。小门洞里头还有一小间，是炉子间。店面朝东，一出门就踩到环洞桥的石级，北面临河，是一排玻璃窗。整个儿桥堍是"廊"的样子，但当时没有"发廊"这个称谓，甚至不兴叫理发店，都叫剃头店。

店里有四个椅子，是镇上最大的剃头店了。有三个理发师：沈兴、雄生和永生。还有一个瘦瘦的小学徒，我记不得他的名字了。

　　沈兴的刀功了得,传说他年轻时能用剃刀劈死飞过的苍蝇。还说他有一手"八音刀"的绝招,但轻易不肯出手。不过都是传说,因为我从未亲眼得见,更无缘亲身领受了。那时我还是个孩子,脸上一马平川,剃刀上不了脸。雄生的强项是剪子功夫,称作"紧拉慢唱"。后来我才知道这是京剧行里的话——唱的是慢慢悠悠,伴奏的却是急管繁弦。小孩子倒是有机会领略他的剪子功的。左手执一把牛角梳,一会顺梳,一会逆梳,凉凉的梳齿在头发里从容地耘耥。剪子在他的右手中分明成了一只活泼泼的燕子。听得一片急骤的细响,头发就在应断的地方断了,就黑雪似的落。永生的年纪要比这两位小一截,眼光尖,有些喜欢掏耳朵的顾客就喜欢坐到他的椅子上。他有一个烫着花的小竹筒,里头有不少小玩意儿:贼亮的银耳挖和长镊子,装柄的鹅毛球和兔毛球,瘦瘦的窄剃刀……

　　除了理发,那时候的理发师还备有一些其他的小手艺。谁睡觉扭脖子(落枕)了,谁耳朵里进去小虫子了,谁睫毛倒长了,都会到理发店来求助。这些小手艺是免费的,吸烟的递支烟,不吸烟的说声谢谢就可以了。

　　有一回,一个叫阿芒的孩子被鱼骨鲠了,喝醋吞韭菜都不顶事,就来桥堍求助。沈兴命阿芒父亲弄来一只雌鸭,倒提了,从鸭子的扁嘴里接了些涎水让阿芒喝。鸭子的口水又脏又腥,谁肯喝啊!阿芒被父母硬逼着,没办法,闭上眼睛胡乱喝了一小口,立马哇哇地呕吐起来。呕着呕着,卡在喉咙里的鱼骨就没有了。问为什么一定要用雌鸭而不是雄鸭，沈兴神秘兮兮地说："若是女孩子，那就得用雄鸭子了。"他是在故弄玄虚呢。说穿了一点不稀奇，让人喝恶心而无害的东西就是了。这与用乌龟尿治积食胃胀的道理是一样的，无非是催吐罢了。

沈兴就是这样，生性乐观，时不时来一点无伤大雅的小花招寻寻开心。

沈兴心宽体胖，挺富态，穿整齐一点就有大干部的派头。一日，沈兴在路上走，无意间一挥手，一辆小轿车就停在了他身边。这车是县里派来镇上接一位干部的，驾驶员并不认识那位干部，将沈兴错认了。驾驶员下车来，对沈兴说："首长，你是不是……"沈兴知道对方搞错了，又一挥手："没事没事。"这事在镇上传得很开心，后来居然成了一句地方性歇后语：沈兴挥手——没事。

雄生平生有两件乐事，一是听书，二是喝黄酒。当然不在午饭时喝酒，那是行规，满口酒气怎么接近客人？雄生是个评弹迷，晚上回家，喝过半斤绍兴酒，周身暖融融的了，就动身去茶馆听书。去得早点可以占个好位子。听完书，身上还是暖融融的，第二天的状态就挺好。不时和客人聊起头天晚上的书目，高兴了还会哼几句片子："世间哪个没娘亲，可怜我却是个伶仃孤苦人。若不是一首血诗我亲眼见，竟将养母当亲生……"这是《玉蜻蜓》里的唱词。老是哼这个片子，他喜欢蒋月泉。没书听的日子比较难过，他总有点打不起精神。

不知怎么的，我始终想不起来那个小学徒的名字，记不起他说过什么话。在我的记忆里，他只有几个无声电影似的段落。有一回给我修面，他不小心在我脸上划了一道口子。口子不深，刚刚见红。他赶紧去找出一片黑色的纸片，撕一角来给我贴上。剃头店大多备有这种纸的，叫乌金纸。即便是在这样一个情节里，他似乎也没有说过一句话，只是脸有些红。

小孩子消费，愿意先付钱，保险。要不然，到收费时发现钱不够，就尴尬了。

首先招呼我的当然是沈兴。"哎呀，白弟弟来了！"镇上的长辈多叫我的乳名"三官"，唯独他自说自话叫我"白弟弟"。给我理发时，他会不停地夸我的皮肤白。老这样，我就烦他。男孩子大多怕批评，也怕表扬。

小孩子进店没有挑选师傅的权力，碰上哪个就是哪个。我最希望永生给我理发。他不爱说话，手段又柔和。我从小比较内向，喜欢听别人对话，不喜欢长时间地被当作谈话的对象。我最不喜欢坐到学徒那个位子上去，不是怕乌金纸，而是讨厌椅子面对着的那面镜子。那面镜子的四围已经斑驳发黄，照出来的人就不完整，总觉得自己被一些锈斑似的劳什子包围着，难受。那把椅子也太旧，不能任意调节靠背的角度。枕头的皮垫破了，草率地补着一块别种颜色的皮革，枕上去老疑心脖子那儿伏着只青蛙。

进了店，如果四个人手里都有活，就得在靠窗的长凳上坐着等。我指望着永生或者雄生手里的活先完。

坐在雄生那把椅子上的好处是可以正面观赏那幅画。我说的是墙上镜框里那幅印刷的油画。画上是欧洲的乡村风景：绿色的原野，绿色的树，几座尖顶的房子；小河里倒映着蓝天，漂着几片树叶；河边有一头眺望的奶牛，还有一个白色的风车；一条小路弯弯地远去，越远越细，最后消失在一片树林里；路边有一个黄头发的小伙子，向远处的一辆马车挥手……这是一个暮春的下午吧？一切是那样的新鲜，那样的安宁，那样的美……

这可能是我生平第一次见到的像样的西洋画，所以至今还能清晰地记着它的许多细节。这一幅异国风情画确实曾经深深地感动过一个中国小镇上的孩子。中国画和西洋画传达的况味和方式是非常不同的。那是一种别样的艺术冲击。画笔原来可以如此逼真地描绘自然、描述生活！之后，我在阅读外国小说时，脑海里一不小心就会浮现出这一幅挂在中国老式理发店里的西洋画来。我一直在留心寻找记忆中的这幅画，几十年过去了，我还没有找到。也许，我已经用几十年的时间，用我美好的情感，在无意中很多次地修改过记忆中的这幅画了。找不到这幅画可能不是坏事，真找到了，说不定反而会破坏了珍藏在我记忆中的美丽。毕竟，用现在的眼光看，那也许只是一幅印刷粗糙的风景画而已。

一只理发椅子空出来了。我坐上去。一块宽大的围巾拥住了我的脖子。围巾不怎么干净，有一股说不清的气味，有一点蛇似的滑腻。不必讲发式什么的，师傅们都知道。我的发型是"小西式"，三七分。

只要学徒手里空着，洗头的活就是他的。后面小屋里高高地置

蓝调江南

着一口小缸。一根橡皮管子从水缸引出来,穿过隔墙,悬在洗头盆上头。在明白虹吸现象之前,我一直弄不懂缸里的水何以能翻过缸沿从水管里流出来。洗头之前,小徒弟得拎起水吊子站到凳上往缸里兑热水,试试温度差不多了才出来松开嵌着管子的铁夹子,给人洗头。

把头半埋在洗头盆里,让温水顺着头皮淌下来。水流一点也没有影响鼻子呼吸,但我这时候总会有一种类似溺水的憋闷,产生一种没有理由的恐惧。那时没有洗发液和香皂,用的就是洗衣服的肥皂,最多的牌子是"五洲固本"。"他身上老是有理发店的气味",这是老舍先生在一篇小说里描写一个人物时的句子。读到这个句子时,我鼻子旁就有了"五洲固本"混合着爽身粉的那种味道。不知老北京理发店的味道是不是这样的。

洗过头,再坐到椅子上时,理发师就会摇动机关,让椅子上的人仰着半躺下来。刚洗过头,有一点点莫名的疲乏,这么一躺,人会体味到一种美妙的安谧和舒坦。你发现你正对着一幅风景画。眯起眼,将画框之外的一切删去,你慢慢就进入了画中——小河在潺潺地和小草接吻,风车在悠悠地向长风倾诉,马铃的叮当声已经渺不可闻了,而树叶与花的清芬在天地间无休止地流淌……

耳边有真实的刷刷的声音,那是理发师在荡刀布上磨刀锋。荡刀布就挂在窗框上,一尺来长,一指宽,油光光的,有一种神秘的头皮和钢铁的混合气味。

孩子的脸光滑,修面只是走个过场。剃刀在发际稍作打扫,鬓角业已整洁如裁。一块温热的毛巾覆到额上,表示修面已经结束。摇动机关,倾斜的椅子靠背缓缓竖起,人也就被扶了起来。理发师解下围巾,给你在脖子上扑上一些白色的粉,然后抓住围巾的两只角,抖几抖,围巾就"啪啪"作响,空气里满是粉的香。人在这时就有一种"洗心革面"般清新的愉快。

若是遇上沈兴,他会在你的脖子上轻拍几下,浪声念道:"新剃白白头,勿打三记触霉头!"他这么拍你是有理由的。

回想起在理发这个过程中,有接触,有色彩,有声音,有气味,有一种老派的亲切。这是朴素的、日常的生活内容,而正是这种不易觉察的庸常和朴素,构成了一种只有回忆时才能体会到的诗意。

考取了城里的中学,我离开了小镇。再回到小镇时,我已经是个青年。其时,雄生已经退休,当年的徒弟已不知去了何方,店里只留下沈兴和永生。沈兴不再叫我"白弟弟",也随大流叫我"三官"了。他的富态已经转变为老态,只有乐观的性格没有变。他看看我的头发,说:"嚯!什么时候也改一边倒了?"很多年了,他还记着我的"三七开"呢。

那幅风景画已经不在了,镜框里换了伟人的照片。这是不必问的,"文化大革命"是不会容忍那幅风景画的。

又是几年过去。一个下雨的、阴冷的下午,我推开了桥堍理发店的玻璃格子门。没有客人,店堂里只有沈兴在。我一下子就感觉到他情绪的不佳。这个乐观的老人是难得这样的。我的情绪也不好。那些日子,我父亲一直在被批斗。

在荡剃刀时,沈兴突然说:"'三官',还记得'八音刀'吧?"

我一愣,竟一时记不起那是什么东西了。

沈兴有些失望:"'八音刀',忘记啦?"

我想起来了,有些抱歉,转身看他。

他仰着脸,眯眼儿逆光看着刀刃。

"这就是'八音刀'吗?"我问。

"'八音刀'不是一种刀,是一种刀功。你细心数着,听听有几种声音。"

说话时,刀已在我耳郭上着落。外耳郭上那些毫毛于一刹那间被尽根切断,化作"沙"的一条细响。刀尖到了耳坠,稍作盘桓——"刷"。这声响是圆的。刀刃循耳朵中轮向上,带出一弯弧形的"咿"声。突然飞刀至耳丁,左右连刮发出"喊、嚓"两片声音。还响着呢,刀尖在内耳轮上打滚,旋,旋,又旋——"哐、生、嗡"三声盘旋连作……这八个声音抑扬参差,顿挫有致,一气呵成,真个是迅雷不及掩耳!人由不得颤一下,晕一下,通体舒泰到极点。想想也是,耳朵上密布着无数神经末梢,一一与身体各部位相应,剃刀以恰当的力度在短时间里给予刺激,自然会激起全身的反应。剃刀要在耳朵这么复杂的蜗状地带无所不及、游刃有余,真是一手绝活儿呢!

"'三官',数出来几个音啊?"

"一连串的声音,哪里来得及数啊!"

老人开心地大笑起来。

原来这就是八音刀。好一个八音刀!

临走时,老人说:"'三官'啊,到月底我就退休了。你下次来剃头,我就不在了。"

我看着他的脸,不知说什么好。

他努力笑了一下,说:"享清福了,对不对?"

我赶紧也笑了笑,说:"对,享福了,享福了。"

他又说:"叫你老子来,听听我的'八音刀'。我为你老子剃头几十年了。叫他来,月底前,听见啦?"

我觉得我发硬的心一下变软了,眼眶开始发胀。我点点头,赶紧跑出门去。

三十五年之后,我父亲去世。其时,沈兴和雄生都不在了。父亲临终前叮嘱他去世后要请永生来为他剃最后一次头。

我们请到了永生。永生也老了。

树德堂

小时候，跟父亲进城，父亲常会抽时间带我到一些"上规格"的中药店去坐坐。比如苏州的雷允上、沐泰山、良利堂，常熟的北九如、柳仁仁、童仁泰。听到这些店名，心里就会生出悠悠的古意来。中药店大概是最具中华古风的店家了。

所谓"上规格"，即布局和气象是约定俗成地谨遵着某种规格的，所以它们看起来都是大同小异的。

门面没有花哨的橱窗，最典型的店面是用三条花岗石构成的石库门。门楣上刻店名，颜体，阴文，填石青色，一看就是有来头有年头的。

一进店堂，就会发现门外的世界原来太喧嚣、太明亮。店堂里光线幽暗，弥漫着一种幽香。药香沁沁如名泉之水，而人已化作了一张宣纸，慢慢就被"泉水"晕晕地洇透了。

迎面是深棕色的柜台。柜台上有几盆状似兰花的植物，店堂便平添了翠翠的生气。这植物不是兰花，是备用的一种药，名石斛，可列入利肝明目的方剂。柜上还有一大一小两个"冲筒"，黄铜铸成，茶杯那么大小，厚重，盖上有孔，孔里插一根铜杵。有些药要临时砸碎或脱壳的，就放进冲筒去"冲"。柜台后面是巍巍一壁格斗橱，每个格斗上都有毛笔写的铭牌：红花、黄芪、白术、熟地、合欢、川芎、菟丝子、杭菊花……橱很高，所以备有一个三级的短梯帮助人够到举手不及的抽屉。橱顶上坐着一排青花瓷坛，居高临下，端庄神秘。

店员在撮药，大多拥有一种和乐亲仁的怡然神情。年长的大多瘦，白，峻洁得感人，如有仙风道骨。看一眼药方，眉头微动，若有会意，用小手指去拉抽屉，就计较地用厘戥称药，把药均匀地铺开在几张包药的纸上。药在纸上不混放，一味味次第排开，包起之前还要用手指点着一一与药方核对。有人动用冲筒，铜杵起落，一片响亮，使人精神一振，猛抬头，又见一幅《松鹤齐寿》中堂，配联云：

　　花发东垣开仲景，
　　水流河间接丹溪。

仲景，张仲景；丹溪，朱丹溪。他们都是古时名医，都有高尚的医德。

这时，仿佛听得松涛鹤唳，无端记起来一首古诗来："松下问童子，言师采药去。只在此山中，云深不知处。"心绪由此变得出奇的宁静。

父亲说："如果走得动，病人最好是自己来这里撮药，对治病有好处。"

细细一想，父亲的这句话是对药店很高的褒扬。

走进这样的药店，人会觉得回到了某种亲切的庇荫之下，像是在一棵参天的大树下，更像是在老祖母的臂弯里，心中自然漾起一种古朴的安定感。这种精神的抚慰，对病人是非常有益的。

父亲带我到中药店不是撮药，那里也不一定有他的熟人，来这里只是坐一坐。

店堂里面挺深，靠墙摆布一些椅子和茶几，是备着让撮药的人等候时小坐的。这些黝黑发亮的桌椅像是古董，很严肃的样子，一坐上去人就自然会庄重起来，再不肯大声啰唆，不敢随地吐痰。

和所有的男孩子一样，我也不喜欢严肃和庄重。有一次，父亲看出了我的不耐烦，说："中药是什么？中药绝大部分都是山林田野的花草根茎对不对？那好，你现在把眼睛闭上了，再来细心地闻闻这里的味道。闭上了吧？脑子里想着山里那些野花野草，你不是认识不少的花草吗……"

我的脑子里就出现了几种有药味的野草。一种是"野蓬头"，即艾草。夏夜乘凉时，在上风处闷一个火堆，往里头加一点从路边扯来的野蓬头，烟里就有了丝丝缕缕青青涩涩的药味，蚊子就不敢来了……荒地上总长着些野萝卜。野萝卜的叶片纤纤的，很秀气。拨开些泥，捉住野萝卜的茎，一点一点加力往上拔，就听见白生生的根系在土里被折断的细微声息，接着就闻到了一种新鲜的药味。还有一种俗名"酸姊姊"的草，一尺多高，茎是暗红色的，很脆，嗅一嗅，刺刺的气味把鼻孔都撑大了；用舌头舔一舔折断处，一种猛烈的酸味便像电流一样逼得你喊出声来……

不错，安安静静、香气氤氲的中药店确是和山林田野有着千丝万缕的联系。那些按古法炮制的药草虽然失去了鲜艳的色彩，但它们的本质没有变，还带着山野的信息，带着生命的芬芳。这里的每一只瓷坛、每一只抽屉，全都幽幽地散发着笃实健康的辛香；这里的每一个人的一举一动、一言一语，都在透露平和从容的心境。这一切，营造出了一种儒雅彬彬又古道热肠，仙风习习又亲切家常的情调。

父亲是中医，喜欢这种情调，带我来这里坐，却还别有用心。他继承了祖业，也希望我延续这绵绵一脉。而且，老金家还兼营着一爿药店——树德堂。

树德堂在练塘镇南街，由曾祖创建于同治年间。小镇上的药店不能与城里的大药号比排场，但也天然地有着那种别致情调的。

面西三间，打开面街的只是中间和南间。中间是堂口，备桌椅茶具，供病家候诊或候药时小憩。壁上挂匾云：蠲疾延龄。南间有曲尺形柜台，一面临街，一面临店堂。柜台尽头立有竖招，木地堆砂三个堂皇颜字：树德堂。格斗橱倚壁，也是曲尺形，与柜台相对仗。朝西的橱顶上规矩而温存地坐着一排青花瓷罐，大家闺秀或小家碧玉的样子。朝北的橱顶上则坐着一排圆柱形的锡罐，有点诡异，有点缥缈。所有的木质器具一色漆成深棕，漆色已暗，稍有斑驳，显得历经岁月。北间只通店堂，就是父亲的诊室了。朴素，一桌数椅而已。另有一小巧的药橱，漆成白色，罗列大小青花瓷瓶及研钵诸物。瓷瓶都由一个夸张的、附有红布的长木塞堵口，略显神秘，不知里边装的什么药。墙上有行书联，云：子瞻深佛理，东野出诗名。一派书房气氛。

那时父亲正当盛年，因自幼受到的熏陶，一俟落座，便一脸高古，一脸平和，看上去已不是家居时的样子了。与病人侃侃而谈，于亲切随意间已初步完成了"望闻问切"中的前三项，接下来就是切脉了。桌上有小枕，名脉枕，洁净温软，是用来枕腕的。食、中、无名三个手指如三条卧蚕，镇定地噙住了病人的手腕，气定神闲，细细感受寸、关、尺三处的二十四种脉象。一颗心为另一颗心而作片刻停驻，生命在这一瞬变得格外生动具体，格外细腻透明……切脉之后的对话变得深入，一连串的问话一一击中症状病理。父亲在这一刻端坐如佛，料事如神，尽显不凡。

"此病久缠失养，至肾阴不足，命门火衰……命门火衰，则卫阳不固，故汗出肢冷，怯寒神疲；又失其固摄封藏，不能沉化水湿,致水邪泛滥上道,外溢肌肤;心失温煦,摄纳失权,故常心悸气短……"

病人屏息听来,却不懂,只是感到自己的病根已经被把握,受到鼓舞,企望更切。

父亲突然改用了日常用语,浅显形象地重新分析了病况,提出了治疗方案。病人这回是听懂了——原来如此,果然这样!一时心头大畅。

父亲握笔在手,略作沉吟,果断落笔,写出"君臣佐师"一片药名;再作权衡,然后在药名之下一一标上用量。就此药方已成。

父亲坐诊,必亲切、谨慎、乐观、善解人意,除此之外还要有一点儒雅风度。这和中药店的情调是相一致的。

父亲有一手好书法,遒劲有力,气韵飞动,体现出医者的决心、力量与睿智,病人自然会产生信赖与敬重。找信得过的医生,服可信赖的药,病人本有的抗病机能才会得到呼应而振奋。一方在执,病已去三分的说法并不是无稽之说。这是父亲反复告诫我的,也是祖上反复告诫他的。父亲这么告诫是要我好好练字,还是一种家族传承的暗示。

如果病人是孩子,父亲便会把书卷之气变化为长者的和蔼,问话是十分的家常化,有时甚至还出人意料地耍一点小花招。那时的小孩在夏天很容易生热痱子,不是长在头上就是长在额上,就像开始长角的小羊。没有一个小孩不怕医生的,一见到医生就紧张得不得了,一个个做好了拼死抵抗的准备。父亲远远地看一看,就说这疖子还没熟,今天还不能动刀子,搽点碘酒看看再说。小孩一听这话就放松了警惕,任医生给搽碘酒。父亲手心里藏着小刀呢,一边和孩子搭讪,一边找下刀的机会。疖子其实早熟了,小孩子还没弄明白就挨了刀子。下刀时并不怎么痛,不好玩的是下刀之后的排脓。排脓一定要排尽,千万不能手软的,排尽之后还要在刀口里留药条,最后才能贴上膏药完事。对小孩子来说,这过程是场灾难,而且任你哭叫,父母家人一律不会来帮你摆脱,惨了。我有个表弟,经历过几次灾难,从此叫我父亲为"挤脓伯伯",直到成人也没改过口来。

金氏树德堂是祖传的,在常熟、无锡一带享有盛名。"悬壶济世人,仗义走天下",曾祖金宝之自小练武,为人豁达豪放,民间多有传奇。曾祖得名医马培之先生真传;与清代四大藏书楼之一的铁琴铜剑楼主瞿良士过从甚密,在瞿先生处获赠医药书籍达万卷之多。有名师的指引,有丰富的书藏,曾祖博学精进后医术大进,一时声名鹊起。中国工艺美术大师庞薰琹在回忆文章中,记述了两次体验金宝之先生回春妙手的经历。

金家备有小快船一艘,专门用于出诊。曾祖在船头挂两个铜环,船动,两环相撞,叮叮悦耳,人皆亲切地称为"双环船"。还有人编了山歌来唱:

船挂仔双环响叮叮,

金家郎中坐勒仔船上笑吟吟。

有人说金家的双环是银子打,

银子声音好听,开胃通气,眼目清亮精神兴。

有人说金家的双环是金子打,

金子声音压邪,瘟神退避,逃得个没踪影……

江南的山歌句子长,声调甜稠像麦芽糖。

船挂双环,一方面是便利了沿途病家——即便是夜半三更,闻环便知诊船过路,如果需要,招呼一声,诊船就靠上岸来了;另一方面也是为了自家安全——江湖上有"不扰僧尼医丧"的规矩,且树德堂善声在外,那帮水匪陆盗听得铜环之声便不来相扰了。

夜诊时,曾祖必带一条爱犬出门。到了病人家里,曾祖率学生上岸,留下那狗守着双环船。白日出诊,水路遥遥,曾祖无事,每在途中与学生纵论岐黄,不时用手指蘸了河水在平基板上写写画画。如是,金家长雇的船工耳濡目染,也能有些医药常识。

著《千金方》的唐代名医孙思邈,不但有高妙绝伦的医术,更有高尚的医德,被后世尊为"药王"。相传,有一天孙思邈在出诊归途中突然遇到了一只老虎。孙先生先是吃了一惊,及至看到老虎垂首敛尾、伏地呜咽的病态时,慈悲心动,不怕了,竟来诊视老虎的病况。原来这老虎的喉咙里卡了一枚大刺,血流不止,又不能进食,痛苦不堪,眼见没了生机,就冒险来找大名鼎鼎的孙思邈求治。孙先生把虎领到家里,取下大门上的门环撑在虎口里,然后为老虎动手术。所以要撑一个门环在虎口里，是怕老虎不小心咬了手腕。老虎获救，再不吃人，就在孙家后山上看守杏林……因为这个，后世将"杏林"作了医家的代名词。游方郎中手中拿着的职业标志——金属环，就是出于这个典故，故称"虎撑"。金家世代尊崇孙思邈，双环船的环即是虎撑的沿用。

体恤贫困病家，是树德堂一贯的传统。得悉病人真的贫困无奈，曾祖与祖父便会在开出的方纸上注上标记，病人就会在撮药时得到减收药费的优待。因为所注是暗号，病人得了优待还不知道呢。为济穷人，金家几代在开方用药时很注重"以贱代贵"，以减轻病家的负担。龙胆草能在许多方剂中替代羚羊角，而山海螺能在许多方面替代人参的功能，药价只是被替代药物的十分之一二。山海螺不是常用药，一般的药店不备。我弟弟金曾亮继承祖业，在医药杂志上发表的一篇文章中提到过山海螺的特别用途。此文被安徽王佩角先生读到，便写信打听在何处能购到此药，此前他几乎已经找遍了全省的医药单位而未能得到。金曾亮立即给王先生邮寄去山海螺，王先生十分感动，连夜给江苏省卫生厅写信表示感激，此乃后话。

树德堂的诊室原本不在药店店堂内，而在街对面的大院内。院子连同瞿良士先生赠予的万卷医籍皆毁于日寇兵火，诊室才搬到了药店店堂。药店后面还有一片毁于那场兵火的废墟，后来盖起一些简易房作为药店的附房。

药店的员工分为外场与内场。人们把在店堂配药的员工称作

"先生",把在后场切药制药的员工叫作"刀师"。到我记事的时候,因员工不多,外场与内场已无绝对分工,采用了统做的方式。我记忆中印象比较深的药工有两个,一个姓吴,人称吴先,一个姓吕,人称熙宝。

吴先年长,四十多了还没有成家,个性沉稳,做起事来慢条斯理,随时随地都在拾掇,非得一切井井有条才安心。这样性格的人做药业是最适宜不过的。小吕年青文静,爱干净,有一个吹拍衣袖的习惯动作,好像他的衣袖上老是沾着灰尘。一吴一吕,两个人倒有三张"口",却全是内向性格,没有客人时,店堂里总是很宁静。

吴先以外场为主,称药、包药、算账,一板一眼,几乎没有一个多余的动作,但每一个动作都比较慢。做药业以慢为上,病人看着放心。在柜台上一字儿排开包药纸,绝无一张歪斜的;排开了还用木尺镇纸一一压住,怕风给吹乱了。包起药来悉悉有声,听如行云流水般从容沉着;把包叠起,用细麻线扎成檐角峥嵘的宝塔状。麻线不用剪子剪,两手配合着一折一绕一扯就断了。这一手是巧力,一般的人做不来。那麻线团子是装置在柜台上方的房梁上的,下边一扯,线团"咕咕"地滚动。我最喜欢去扯麻线团了,好玩。

我可以在店堂里自由地活动,却从不会擅开一只药屉或者随便移动一根药草。这是树德堂铁定的规矩。在这里,每个人的一举一动都在告诫我:药是神奇的东西,药是神圣的东西!

和城里的大药店一样,树德堂的柜台上也养着一盆青翠欲滴的鲜石斛。这是店堂里唯一活着的药草。因为大人们告诉我，这就是白娘子到昆仑山想盗取的"仙草"，少小的我从此对这种生气勃勃的草一直怀有敬意，只敢轻轻地用手指触摸一下——觉得这种草一年四季都是凉凉的。长大后看过一点书，知道石斛确是一味名贵的药。古籍《道藏》中记载有"道家九大仙草"，列在首位的就是千年石斛。《中华药典》把石斛分为铁皮、金钗、长爪等11种，以铁皮石斛最名贵，国际市场上的价格在黄金之上。当年树德堂柜台上养的不是铁皮石斛，其实是算不上仙草的，但它一样为过于呆板的店堂带来了仙风活气。

偶然，我能尝到一两枚津红枣，一两片熟地，那必是在切药间里。切药间就是加工药的地方。这里有蒸药的灶头，切药的刀具，碾药的铁船，烘、炮、炒、洗、蒸、煮、泡、漂、晒……所有繁复的过程全在这里进行。药书上说从生地到熟地需"九制"，当然，"九"不是确数，是"多次"的意思。熟地酸甜得宜，相当可口，但总归是药，只能小尝一二。切药用的铡刀不是铡草的那种，大致是四方形，与木柄对角的地方用竹签固定。备切的药理齐放在刀板上，用特别的竹洗帚压住，一点一点地往刀口里送。随着刀口的开合，药材就成了薄薄的"饮片"。刀功精到的刀师能切出极薄的饮片，且片子完整，速度奇快。高手切出的法半夏薄如蝉翼，可达半透明的程度。并非每种药都要切得薄，比如甘草就不要太薄，否则片子会碎。切甘草时，空气里荡漾着甘洌的香气，含一片在嘴里，唇舌尽被温厚的甘甜所感动，津津然舒坦不已，是饴糖蜂蜜所不能比拟的。如果要制甘草末，那么，还得放到碾船里去碾。碾船是铁制的，两尺来长，弯弯如新月，开口处一指来宽，底部宽不及寸。另有对偶地装着木柄的圆铁片作为滚子。人坐着，两足分别踩在两个木柄上，一进一退，滚子就在碾船里来回滚动，把船里的药草碾碎。碾一会儿，要过筛，留在筛上的得还回船里继续碾。筛子的眼有疏有密，碾什么药用什么筛是有一定规矩的，不能偷懒用粗筛，否则，人家用手指一研就明白了。发现不合格，吴先也不会吭声，就自己去切药间再加工。这是无声的批评，刀师的职业责任感强，看重这个，所以很少发生这种事。这里贴着《药王采药图》，风尘仆仆的孙思邈坐在草丛间小憩，一脸宽厚的笑容。图的两旁是那副咒语般的古训：

　　修合无人见，
　　存心有天知。

　　父亲告诉我，这里的"合"要读作"革"。
　　"合（革）药"就是调配丸散，不是简单地把几味药拌和在一起，而是要动用种种的炮制方式。比如树德堂自制的几种膏药，"合"起来就有颇多讲究。药膏基料煮烊之后，先加什么药，再加什么药，把药膏汰布在油纸上后再加什么药，都是不能弄错的。
　　简单地把药拌和在一起也是有的，"发丸药"就是。发丸药既要有技巧，又要有体力，也是挺见刀师功夫的。把各种药末充分拌和之后薄薄地铺在四尺竹匾里,用洗帚洒上清水,端起竹匾作圆周动作。水珠已经吸附了一些药末,在滚动中滚雪球般不断聚合药末……匾子里的药末慢慢地就成了粒状的药丸。功夫好的刀师能控制药丸的大小,而且粒子大小均匀,表皮圆润光滑,内质结实细密。只见刀师展臂腾挪,驱动匾里的药珠滚动、碰撞,哗哗作响,如急雨飞蝗,声势赫赫;突然一颠一簸一掀一播,药丸蹿起落下,訇然如浪涛起伏,如墨龙狂舞……此时的刀师呼风唤雨,雷霆在握,一脸的权威,轰轰烈烈,气吞山河……有功力的刀师是希望有人来观赏的,要不然,湮没了这一场富有表演性的技能展示就太可惜了。

切药间后面是药库。药库里有大大小小的"干甏",用于储药。吴语中把这里的"干"读作"梗",是干燥的意思。所谓"干甏",其实简单,就是底部垫有生石灰或木炭的甏。甏里有吸附水汽之物,甏盖就不求密闭了,就用当年的新稻草编一个两寸厚的圆形草垫充当。中药业崇尚自然,取法自然,这陶器草盖正合其意。

"虫蛀药变形,霉烂药变性。"药是最忌霉变的。每年黄梅季节来临,药店要更换干甏内的石灰。经过一年的吸附,原来的石灰块已经粉化了。这些熟化了的石灰粉被取代出来,正好用作药店的墙壁粉刷。经过粉刷,店堂内外素壁生辉,窗明几净,做了"雅舍宜人居"的示范。

读鲁迅先生的《从三味书屋到百草园》,我总会想起树德堂后面那片废墟。是的,那里就是我的百草园呢!

那里并未认真开垦,只是随缘般地长着一些药草。有些是吴先他们种植的，有些是晒药时不小心洒落的药种生根发芽长成的。背阴处多是凤尾草、虎耳草、鱼腥草什么的，向阳处长着大青叶、益母草、苍耳子什么的，最多的是薄荷。断墙上爬满了何首乌的藤蔓。应用象形文字的中国人喜欢以形象来取名，凤尾草如凤凰的尾羽，虎耳草如老虎的耳朵，鱼腥草真的有鱼腥味。薄荷活着时虽也有凉丝丝的气味，但与成药之后的味道大有不同。薄荷的清凉是伪装的，其实是一味热性的药。大青叶的根就是大名鼎鼎的板蓝根，而叶是江南蓝印花布的染料。苍耳子结黄豆般大的果实，浑身长满带钩的小刺。这东西男孩子大都喜欢，猫和狗都不喜欢。猫和狗怕男孩子把苍耳子投在它们身上，死死纠缠它们的皮毛。有一次，一丛薄荷里长出了一枝细细的藤蔓，父亲见了就让我每天去观察，说很快就有好戏看了。原来，这纤细的蔓也是一味中药叫菟丝子，别看它纤细文雅的样子，其实是很凶猛的，植物被它缠上便是九死一生。这枝菟丝子来不及发威就被鸡啄死了。我怀疑是薄荷买通了鸡。人说百年的何首乌会成精，其根茎会长成孩子的形状。我老是在断壁下的瓦砾堆上寻索，看看有没有人形的何首乌，可惜从来没有挖到过。

鸡有三四只，是我父亲养在这里的，也是当时还很少见的"洋鸡"，种名白洛克，白羽红冠，很是漂亮。

作为药店的后院，自然是常要用来晒药的，似乎不宜养鸡的，而养鸡恰恰就是为的这个。按照药业的规矩，晒药时是须有人一直守着的。晒药场上有几只鸡出没，守药的人就不敢松懈了。父亲说他养鸡是从杭州胡庆余堂学来的。和北京同仁堂一样，杭州胡庆余堂也是中国中药业的翘楚和楷模。胡庆余堂主"红顶商人"胡雪岩的一举一动自然是中国药业界人士争相模仿的人物。为了宣扬"以诚待人，不假不杂"的宗旨，每年秋天修合全鹿丸时，胡庆余堂都要当众屠鹿。常熟童仁泰药店在1947年亦曾当众屠鹿，以示追随之意。

树德堂是我永远的记忆。在我的心目中，中药是天地日月的精华，是中华文明的馨香。当归、地黄、丹参、芍药、泽泻、茱萸、丁香、玉竹、茯苓、杜仲、厚朴、灵芝、石斛、王不留行……这些名词是如此美丽，一点也不像治病的苦药，与我恍若有着隔世的情感牵连，具有永恒的文化魅力。

如今，那些包装花哨的药品占据了药店的门面橱窗，古色古香的中药店是难以看到了。我想，每座城市是至少应当保留一家古风皇皇、儒雅彬彬的中药店的，就当是保护一件文物吧。毕竟，中医药是能和四大发明平起平坐的伟大发明，是中国人应当像珍爱唐诗宋词一样珍爱的。当一个人觉得情感粗糙时，他可以去那里坐坐。那里有氤氲的药香，更有一种滋润心肺、抚慰精神的情调。

有人说我的这个想法太书生气了。仔细一想，也是，保留一个中药店总归不是很难，保留一种情调就难了。

呼　鸭

　　练塘是一条白练般飘逸的河。河穿过镇子，镇子便随了河的名。水乡小镇常常是这样得名的。

　　逐水而居的人家，养鸭是自然的事。镇上人家大多没有院子，只有天井，养鸡的条件不大够，就养鸭。鸭子早出晚归，人只要在天井里为鸭子备一个简单的住处就可以了。用砖瓦砌一个两尺高的鸭坶，用花坛遮掩，并不破坏天井的雅观。

　　鸭子不司晨，但公鸡一啼，它们也没情绪孵窝了，在鸭坶里呱呱地噪吵，催促主人去开门。打开鸭坶的门，鸭子互相谦让着走出来，呷呷地议论几句天气什么的，顺便看看主人的脸，就一摇一摆地往大门外走。它们要下河打野食，养活自己。自食其力是值得骄傲的，所以它们尽可以大大咧咧地走路，响响亮亮地发言。出门时，它们会嘀咕几句，不是抱怨主人不备早餐，而是在抱怨门槛太高。它们腿短，身子比较胖，越过门槛总是不大便当。主人这时在捉蛋——把右手伸进鸭埘去，一把就提出来三个蛋，放在左手手心里；又捉出一个，叠在前三个的上头，站起来，嘀咕道："白颈圈两天没生蛋了，这家伙！"

仔细看，蛋的形状和颜色是有细微的差异的。蛋的颜色大致有白、淡黄和青三类，而每一类中又有深浅之别。哪只蛋是哪只鸭所生，一看就知道的。鸭屎很臭，吴语以"鸭屎臭"来形容臭味的不堪，好在鸭子尽量不在鸭埘里拉屎，所以捉出来的蛋相当干净，还带着鸭的体温。在鸭埘里，有一个一个乱草构成的窝坑，是鸭子的床位。每只鸭子的床位是固定的，窝坑因此就有了秩序。有一个床位是公用的——那是它们的"产床"。蛋都集中生在这里，所以主人一把就能抓出三个蛋来。如果深夜里有骚扰，或者开鸭埘时毛手毛脚地惊了鸭子，那么鸭蛋上很可能就会沾了很臭的鸭屎。出于保护的目的，抱蛋的母野鸭受惊起飞前会拉屎把蛋弄脏，家鸭至今沿用着祖先的这一生存策略。

那时，鸭子是家里的蛋氅，是重要的菜篮子工程。对清贫的家庭来说，这尤其重要。

鸭子要到傍晚才回来。这时候，主人已在天井里备下一大盆鸭食，无非是谷子、剩饭什么的。如果这天饭桌上有鱼，那么盆子里必有鱼杂；如果这家的孩子勤快，那么盆子里会有砸碎了壳的螺蛳或是还活着的泥鳅。盆子里是兑了水的。有了水，鸭子的扁嘴就显得非常灵巧，连鬼精灵似的泥鳅也逃不过它们的巧嘴。鸭子生性随和，对食物总是表示满意，对主人总是表示感激。晚餐既毕，夜幕将降，稍稍梳理一下羽毛，就进埘歇了。睡觉之前，它们还会唠一会儿家常。这种呢喃听起来特别的温馨和平。家鸭是无须像野鸭那样轮番值夜的，鸭埘有门，很安全的。

家鸭有两大类。一类是肉鸭，个头大，每只可长到五斤左右，人称"大鸭"。第二类是蛋鸭，以绍兴的品种为代表，人称"绍鸭"。绍鸭最多不会超出三斤，长处是蛋产得多，在食物丰裕的条件下，年轻的蛋鸭一年可产300多个蛋。想想看，300只鸭蛋堆在一起是怎样可观！所以还是养绍鸭好。

雏鸭是买来的，一般买6只或8只。六六顺，双四喜，这两个数字吉利。我家每年买六只。养绍鸭当然要养雌的，可雏鸭是很难区别雌雄的，就得托懂门道的人去挑选。这些人都自称有识别的窍门，个个不同。一说只要把小鸭倒提，看雏鸭的头颈往什么方向弯，往肚子方向弯的就是雌鸭。这些鉴别方法其实都不顶可靠，到头来，鸭群里还是混进了公的。雏鸭很好玩，黄绒球似的一朵，有蹼的小爪子和扁扁的小喙子是橘红色的，看上去非常的精致。啪啪啪，它们大摇大摆地走路，不怕人；啾啾啾，它们细声细气地交谈，总是在说这个世界的好话。小鸭子的毛慢慢由黄变成黑，然后开始长大羽。大羽是一个部分一个部分长出来的，整体看非常不协调，就像人得了鬼剃头的病。所谓的丑小鸭就是指这个阶段的鸭子。

　　公鸭活不长久，刚长成就被人吃了。这是河里少有公鸭的原因。没有公鸭没关系，反正雏鸭都是向孵坊买的。和鸡不同，家鸭已经失去了哺育下一代的天性。宁可让"抱窝"孵蛋，它们也不会尽责，一会儿出窝吃食喝水，一会儿出窝拉屎，一会儿出窝去捡柴草，借口多得不得了，一点责任心都没有，最后是不了了之。吴方言中有"鸭孵卵"的俗语，用来描写那些浮躁而无责任心的行为，很生动。

　　一般的鸭子隔了两个冬天，产蛋就少了，就到了淘汰的时候。镇上数曾舅妈家的鸭子寿命最长，一则是营养好，产蛋期长，再则是曾舅妈舍不得杀它们、卖它们。曾舅妈是个孤老太，人缘好，镇上的老老少少都亲切地叫她曾舅妈，是"百家舅妈"呢。有一年，曾舅妈的痛风病发得厉害，很痛苦，想死了拉倒，近八十的人，死是不怕了。那天，曾舅妈硬撑着走到镇外，在丈夫和儿子的坟前祭了酒菜，化了纸，就想在坟地附近的阔水潭投水归天了。曾舅妈起先想悬梁投环的，后来想想那会"弄晦"了屋子的，就改选了投水。她已经立了遗嘱，要把屋子给她的一个远房侄子。阔水潭那一带有杂树林子遮掩着，是很荒僻的。那天，曾舅妈还带了一只提桶去，准备下水之前放在河岸上——这么着，人们就会说曾舅妈是取水浇菜时失足落水的。曾舅妈走到河边时看到了她家的一群鸭子——那些鸭子是认得主人的，鸭子热烈地欢叫起来，还脖子一弓一弓地假装喝水。假装喝水是鸭子表示友爱的最高礼节。在岸边坐了一会，曾舅妈提着桶回家去了。她后来对她的老姐妹说，她在那一刻想到的是：如果她死了，这些鸭子就没人喂了，多可怜啊！她说当天晚上，她家有两只鸭子下了双黄蛋，那蛋真是大噢！

有一些日子，鸭子是不愿回家的。那可能是细雨霏霏的日子，也可能是月朗星稀的日子，没个准。一定是那些气象唤醒了鸭子们内心深处的野性了，它们想重温一下祖先的野营生活呢！当然，这也有可能是由于野鸭的策反。练塘河是连着南湖的。那时候的南湖还是个野鸭出没的荒僻之地，家鸭们在镇外是完全有可能遇上野鸭的。少年的我常常会设想一只家鸭在遇上一只野鸭时会出现怎样的情节。它们可能会试着攀谈，结果发现语言已经不通，相望一会儿，然后各自离去。它们也可能是这样通话——家鸭说，别跑了，到处是人，跑哪儿去啊？野鸭说，跟我们飞吧，趁现在没有人，能飞多远是多远，总不能等着挨刀子吧……

鸭子知道自己不会飞，是不敢真的离开小镇的，只敢结群在市河里转悠，拒绝登岸回家。只要有可能，它们真会在夜静更深时找一片岸滩过夜的。猜想它们也会像祖先一样轮番值更，保证群体的安全。

人是不能容忍这种行为的，那不安全——即使不丢鸭子，也会丢失鸭蛋对不对——家鸭都是在晚上产蛋的。还有人们担心鸭子的心就此会野掉，再不肯过早出晚归的安分日子。

如果鸭子不回家，养鸭的人家就会让孩子去呼鸭。

男孩子是大多喜欢这种差使的。我就是一个。

蓝调江南

差男孩子呼鸭，真是天晓得，他们是根本不"呼"的，他们崇尚武力，相信围追堵截那一套。一个个男孩在桥顶上、水栈上出现了，脚边备着断砖碎瓦，准备打一场"黑山狙击战"，或是"平型关伏击战"。一时间，枪林弹雨，怪叫连天，水花飞溅，好不热闹！鸭群拍着翅膀，踩出白浪，呼喊着突破一道道防线，如入无人之境。天已经黑咕隆咚，市河两岸断断续续建有房屋，男孩们又不能真的击中鸭子，所以鸭子是占尽了天时地利人和的，不怕和男孩子们玩下去。这完全成了一场游戏，人和鸭子越来越兴奋，都把目的忘记了。这么玩，鸭子更野了，根本不考虑回家事宜。

游戏玩厌的时候，男孩子们才想起来怎么向大人交代。这时，夜色渐浓，河水变黑，难以看清鸭子，显然是玩完了。

一个好听的声音忽然响起来："溜……"发出声音的当然是个女孩子。她们可能是在桥顶上，也可能是在水栈上；可能打着橘红的油纸伞，也可能用一根筷子叮叮地敲着一只空碗。她们在晚饭前后是很忙碌的，这会儿才刚把家务忙完。

"溜……"这才是呼鸭的经典呢！江南人对六畜的称谓是非常亲昵的——猫咪、狗鲁鲁、羊妈妈、猪奴奴、鸭溜溜……鸭们知道这个"溜"是和它们有关的，还能从语调中听出来人对它们的善意和关切，听出来呼唤它们回家的意思。这一刻，每一个鸭头都是朝向了传来声音的方向的。它们忽然记起了那个有门槛的院子或天井，记起了那只内容驳杂的食盆，记起了那个有小门的安全居所，记起了那个专属于它们的床位和那个公用的"产床"……

一只老鸭轻轻叫起来，以回应这个亲切的呼唤。其他的鸭子不叫，生怕淹没了这个亲切的声音。它们开始努力地识别方位，紧张地回忆归家的路。

"溜……"呼鸭的声音继续着，绵绵不断。这声音是由无数颗圆润的珠子组成的。珠子有大有小，连成一波一波的环，而每一颗珠子都是滴溜溜地滚动着的……

开始发稠的夜色里终于有了扑扑的声音，那是潮湿的蹼在水栈石上踏出来的声音。男孩子们比较惭愧，觉得自己简直是某种害虫，就骂鸭子："这些野末事！""末事"就是"东西"。

"溜……"小镇在这一刻暖暖地散发着一种母性的美。

"溜……"男孩子粗嘎的嗓音是永远也发不出这种经典的呼鸭声的。他们把这个声音记住了，作为回忆故乡时的配音。

萤火虫，夜夜红

书场里的汽油灯咝咝作响。要开书了。跑堂在书场门口大声喊场："开书哉——开书哉……"

这么一喊，小镇的黄昏就开始了。

半大孩子不好意思再混进书场听白书，只好去三角场那边转转，看看有没有"小热昏"摆场子。那时，三角场是练镇的中心广场。穿的都是木屐，在麻石街上踩出一片响声。一群孩子在一起走，走着走着就踩成了一个节奏。由于木屐的材质不同，发出的音质也不同，那么多种声音就造成了浩大的气势男孩子都挺开心的。

"小热昏"是江浙沪一带通用的俗称，用标准文字取代倒有点难表达。"小热昏"唱曲艺，却不是卖艺的。"小热昏"是推销梨膏糖的小贩。"小热昏"是走江湖的，到了一个小镇，去最廉价的旅店租个床位，向店家借一条板凳，背起装梨膏糖的箱子就上街了，做了早市再做夜市。他们大多是能玩一件乐器的，不是胡琴就是小手风琴。这两种乐器都便于自拉自唱。也有用小锣的，就只能敲些点子出来闹闹场子。

一开场总是那首《吃不吃歌》："咳嗽的吃了我的梨膏糖，清肺止咳喉咙爽；肚皮痛吃了我的梨膏糖，放三个响屁就灵光；姑娘吃了我的梨膏糖，面如桃花红堂堂；小伙子吃了我的梨膏糖，三更扯篷到天亮……裁缝师傅不吃我的梨膏糖，领圈开在裤裆上；皮匠师傅不吃我的梨膏糖，钻子钻在大膀上，呜啊呜哩汪，伊啊伊哩汪……"曲调煞是简单，翻来覆去就是两个乐句。唱词很粗俗，冷不丁夹点黄，有时还损人，可没人会当真的，他是"小热昏"嘛，本来是热昏了头来的。这首《吃不吃歌》大概能算他们的行歌，都唱，曲调是固定的，唱词则不定，可以即兴乱编的，不逗得满场哈哈大笑不收兵。唱着唱着，人场就旺了，就开箱卖梨膏糖。

梨膏糖是苏州特产，主要原料是梨和糖。梨本来有止咳化痰的好处，再加几味止咳的中药，就被"小热昏"唱得花好稻好，如灵如验。梨膏糖3厘米见方，1厘米厚的样子，常4块联成一个单元，看上去黑乎乎的，闻一闻有隐约的药香，小心一舔——甜得倒好！含在嘴里，慢慢地就有一些药味浮上来，认定这不是一般的糖了。

开箱卖糖之前是反复预告过节目的，买糖的与不买糖的都不会走，等着听精彩段子呢。预告的多是一些惊险类型的故事，比如

蓝调江南

《肖飞买药》《夜闯黑风山》什么的。围观的主要是男孩子和男青年，都喜欢这类惊险刺激，所以人场子总能稳得住。有时候也讲个爱情故事，那是胡编的。比如说有一对少数民族的恋人商量着要私奔，被女方的家长知道了，就把女子关了起来，不让与男子见面。男子就在女家的河对面连续唱了三天三夜山歌，唱得嗓子出血，再也发不出一点点声音。到了第四天早上，女子才走出家门。男子好激动，大喊一声，声震山谷。听客中有人发难说你不是刚说嗓子出血，发不出一点点声音吗，怎么又大喊一声，而且声震山谷。不料，"小热昏"正等着这句话呢，说："我告诉你，因为这唱歌郎吃了我的梨膏糖。"听众反应过来，哈哈大笑，要求再说一个更有趣的。

故事说到关节处又打住了。这一回卖的梨膏糖又换花样了，说是可以打寄生虫的。说一段，又打住，隆重推出苏州采芝斋的最新产品——肉松梨膏糖。因为是新产品，所以要加唱一段推销歌。乐器响起来，听那调门还是《吃不吃歌》。说来也奇，这个简单的调门倒是听不厌的，总是如数家珍般的亲近，总是如浴温泉般的宜人。

"小热昏"收摊了。男孩子才发觉自己出了不少汗，那就去河里泡泡凉吧。月朦胧，鸟朦胧，随便找个石驳的水栈，裤衩一褪就下了水，不游，就泡着，不然起水之后又很快会流汗。那时的河水是清透的，白天能看到鱼在水中大摇大摆地来去。这会儿在大腿上、胸背上乱撞的也是这帮小东西了。

一个两个萤火虫在河面上飘飘忽忽地飞。萤火虫的飞行本领不怎么样,飞起来总是跌跌撞撞的样子。江南有好多唱萤火虫的儿歌,其中一首叫《萤火虫,夜夜红》:萤火虫,夜夜红,提盏灯笼颠呀颠,只有火来没有烟;萤火虫,打个尖,送你三个铜板买水烟。不要你的金,不要你的银,借你的屁股纺纱线……

看见萤火虫,男孩子想起来另外的消夜去处,就赶紧起水穿裤子。河面上的晚风总是凉快些,就感觉到夜的好处。

有些男孩要去镇外"转转"。"转转"是暗语,翻译过来就是"偷瓜"。在黑地里胡乱摘的西瓜香瓜大多还不熟,弄回来真能解馋的不多,但"转转"的乐趣主要在于它的过程——亲历一下地下游击队或者侦察小分队的滋味是很开心的。

更多的男孩要去乘风凉。乘风凉的好处是可以听到各种各样的趣闻野话,鲜活"牛皮"。

因为没有电扇空调,夜晚的乘凉是全民参与的。预先在空阔处洒了水,各家搬出躺椅、春凳,搭起竹榻、木板,乘凉的场子就自然形成了。在上风处笼起驱蚊的烟堆,空气里就有了丝丝缠缠的艾草的苦香味。习习的凉风吹过,把积累了一天的暑热和浮躁一丝一丝地抽走;朦胧的夜色简化了环境,纷繁的世事亦被简化并且变得遥远了。人在这时容易有宁静的心境,容易回忆起往事,容易变成"小说家"。那么多"小说家"聚在一起闲聊,当然有听头了。

我妈的看家故事是逃难题材故事。抗战时期,我外婆已经不在人世,我妈正二十岁光景,带着三个弟妹颠沛流离于无锡甘露、荡口一带，吃尽了苦头。逃难故事分成两个系列，一个是惊险系列，一个是人情系列。最惊险的段子是我妈迫于生计，冒险潜回家里挖出埋在地下的银元一节。我妈的逃难故事，我听过好多遍，发觉惊险系列的版本每次都有些不同，总的修改趋向是朝着更惊险发展；而人情系列的故事则从不改动，讲到动情之处，我妈总是感叹不已——世上还是好人多啊！直到晚年，我妈还和甘露、荡口的一些恩人保持联系。除了逃难故事，我妈还有一个故事系列：黄毛的故事。那是一些有趣的传说，讲的是一个叫黄毛的年轻人每次说谎都瞎猫撞到死老鼠般碰巧言中，名气就大了起来，后来被皇帝请去寻找皇宫里丢失的宝物。上了金銮殿，将信将疑的皇帝先要试他一试，命他卜算铜甏里装着什么东西。说不准可是要杀头的，黄毛哀叹道："黄毛啊黄毛，这下子你死定了！"不料，那铜甏里囚的是一只黄猫，而且已经被闷死了……因为一直在修改和发展，我妈的这些故事常讲常新，不知迷倒了多少孩子。

　　有一个叫前前的年轻理发师另有一功，老是信誓旦旦地把一些神话传说演绎成有根有据的样子，听得小孩子一愣一愣的。前前说踩萤火虫是能够预测人的寿命的，具体的做法是：逮住萤火虫用脚在地上用力一碾，地上转瞬即逝的银白色的线就和你的寿命有关。这么一来，很多萤火虫就惨死在了小孩子的脚下。后来，老裁缝看不下去了，把前前臭骂了一顿。为了在小孩子面前保持威望，前前不肯否定自己，只是补充说这种寿命预测必须在午夜之后才算数，他知道能熬到午夜的小孩子几乎是没有的。他又说萤火虫是住在龙的鳞片里的，每天五更时分都会飞回龙鳞里去。那时我还小，居然深信不疑，几次打算追踪萤火虫，为的是要看一看真龙的样子。萤火虫在田野上飘飘忽忽地飞，一会儿是水稻田，一会儿是大河小塘，跟踪起来谈何容易，而且也没法熬到五更时分，我的跟踪计划一次也没能实施。

男孩子们最来劲的是老孙的故事。老孙是个复员军人，参加过解放战争和抗美援朝战争，讲的除了战场上、军队里的故事之外，还有一个狼的故事系列。说狼袭击人时，会像人一样立起来从身后把爪子搭到人的肩上，人一回头，它就一口咬住人的喉管。说晚上在屋里放口猪，在门上挖个小洞，就可以生擒野狼。狼听到屋里有牲口，无处可入，就伸只爪子到门洞里掏。人就一把抓住狼爪，用麻绳扎住……

去镇外"转转"的男孩子回来了。他们可能得手，吃到了半生不熟的瓜；也可能被看瓜的老汉逮住过。逮住了也没什么大不了的，因为江南人认为瓜啊桃啊什么的不过是"猢狲食"，小孩子去摘几个属儿戏，没什么不可以的，与道德无关。再说，晚上在瓜棚里留守是很难熬的，要是没有一批两拨偷瓜人光临，不是太寂寞了吗？逮住几个小家伙，瓜棚里就热闹了。看瓜人有权骂一通"小赤佬"，有权把"小赤佬"扣留一会儿。本来都是面熟的，"小赤佬"在扣留期间就会嬉皮笑脸地和看瓜老汉斗嘴，把刚才的越轨行为做种种解释。这时，最好来一只偷瓜刺猬什么的。刺猬一到，双方一下子就会把身份忘掉，看瓜棚就此摆起了小型的吹牛皮会。那时候，江南的田野里刺猬并不少见。走夜路时，如果无端听到老头子咳嗽、小孩子哭，那很可能就是刺猬在唱它们的山歌。

小孩子瞌睡大，大多回屋睡去了。这时候，董阿姨才开始讲她的故事。董阿姨是河北来的，可她讲的故事大多发生在湖南，是一些青年男女之间的情感纠缠和婚姻变故。小孩子不谙风情，这类故事听着没劲，觉得莫名其妙的。我有时能耐着性子听，是因为这种故事在平淡和莫名其妙之后，大多有一个比较新奇的结局。后来读了一点书，我才知道这些故事原来多来自沈从文先生的小说。

夜深了，人倦了，故事场子也就歇了。大肚子蝈蝈和苗条的纺织娘还在附近的南瓜地和丝瓜棚上继续它们的故事会。

仰躺在凉凉滑滑的躺椅上，人就独对了一天的星斗。凝神定睛，那些小的星、暗的星就慢慢地大起来，亮起来，动起来，就像小鸡雏一样破壳而出。星空是越看越繁、越看越渺远的。流星冷不丁地出现，在靛蓝的天幕上划出或长或短、或亮或淡的光迹，就像萤火虫在孩子脚下"壮烈捐躯"时留下的最后的荧光。前前说，人只要在流星出现的那一瞬间抛起东西，那东西就会变成金的，害得一些轻信的小孩子摔碎了杯子，摔碎了碗。前前的伪知识有时候真让人哭笑不得。不过，现在想来，前前这家伙倒是个诗人的坯子。

面对一天繁星，乘着那些故事激发起来的灵动的神思，我的一个一个活泼的念头就在无垠的天穹中飞翔起来。再过一会儿，连身体也会飞起来的，身下的木板晃晃悠悠地成了阿拉伯飞毯……现在想来，由故事堆积而成的那些夏夜，实在是一种文学的滋养啊！

几十年后，我写出了几十本书。可惜我妈不识字，每次拿到我的书，只能在手里掂着分量，说："好厚啊，好厚啊。"我决心写出一部戏来给妈看，因为看戏是不必识字的。1998年，我在我妈讲的黄毛的故事基础上写出一个大戏，名叫《谢方正进京》。可惜，当我写到第二场时，我妈突然得病去世。这时，我不写还不行了，因为剧团已经在等我的本子。那是个轻喜剧，在丧母的日子里写喜剧真是一场情感的灾难！戏上演了，一些专家称赞这部戏能从戏谑中品出悲哀来，此乃后话。

夜更深，暑热散尽，萤火虫多起来，飘飘忽忽地飞舞，孩童般地追逐。

"萤火虫，夜夜红……"人懒得去想古老的歌谣了，都想就这么甜甜地睡去，可蚊烟堆慢慢熄了，蚊虫开始凶起来。

老人们说，蚊子是老天爷派来调节人间生活的，要不然，一个个睡在夜露里，会多出多少生病的人啊。瞧，善良的人连蚊子吸血也愿往好处解释呢。

巷口小吃

臭豆腐干

一个伤风鼻塞的人在黑暗中吃东西,任何美味都如同嚼蜡。口福是得靠味觉、嗅觉和视觉一起获得的。

品味臭豆腐干风味,尤其要借重嗅觉来实现。

那是一种"极香的臭",一种"极臭的香",一种香臭难分的味道。这种难于言表的味道独特、强烈、极具渗透力,一下子就使人管辖食欲的那部分神经和器官处于亢奋状态。

和烘山芋一样,有了这份惹人的味儿,卖臭豆腐干是不需要叫卖的。那味儿带钩，把路过的人钩住了。

把生的臭豆腐干投进沸滚的油锅，犹如投下了"催泪弹"，行人无不回首，颔下痒痒的，就去摸口袋里的零钱。

如果只买几块吃，卖家就把炸成金黄色的臭豆腐干放在一片绿色的通心叶上递给你。锅边小几上备有红色的辣酱，任你去抹。翠绿、金黄、鲜红组合在一起，悦目得很。花几分钱可获得味觉、嗅觉、视觉三方面的愉悦，岂不妙哉！

若问这妙物的制法，卖家就吞吞吐吐做神秘状，吃客越发觉得玄妙。

说是先得把豆腐干浸在一种卤汁里泡上几天，让它自然发馊。至于卤汁的配方就诸说不一了。有说用野苋菜茎在盐水里"瓮"成的，有的则说是用竹笋"瓮"的。笔者未去考证，大概秘方不止一个吧。发明臭豆腐干的人实在有点了不起，真称得上是化腐朽为神奇的大手笔。

相传常熟状元翁同龢被慈禧罢黜回乡幽居，心绪落寞，每日下午觉醒来常缄默不语，一直要到操习一番书法之后心绪方能转好些。老先生每在此时撕一角纸，写上"臭豆腐干N（N为具体数字）块"，有时还随手写上年月日。僮儿得了这角纸就去县南街东太平巷太白酒家门口小摊上去取臭豆腐干，银钱按月总付。僮儿在回途上须一阵急走，不让食物冷掉。臭豆腐干一"落气"，味道就大为逊色了。

翁同龢曾为两朝帝师，又是当时书法大家，便有人向那小摊主收买翁先生手迹。翁先生得知，不再动笔。尽管如此，那小摊主仍发了一点小财。

麻　腐

常熟人不大习惯吃凉粉，于是卖豆腐脑的小贩在夏天就改卖麻腐。

麻腐，用蚕豆制成，外观如优质汉白玉，制成三尺见方、一寸多厚晶莹皎洁一大块，浸在清冽的水中，煞是动人。用一叶竹制刀片划出四五寸见方，作为出卖单位。有了买家，又被划作蚕豆板大的正方体，颤颤地装成一碟，加进一勺酱油、一滴麻油，再撒一撮姜末，至于辣和醋就随客自取了。

麻油是在小磨上碾的，有一滴就足够香，多了反而拗味。那姜末也不必多，只一点点，灿灿的便得满碟光辉。老吃客单单计较姜末，卖家也就讲究：把嫩姜去皮，用刀板拍烂如泥，成饼，然后使出刀功。这样的姜末细匀悦目，入口即化。

小孩子不要姜，另外加一点虾子酱油算作补偿。

麻腐的得名有两说。一说得名于麻油，另一个说法是因为花椒。先前在加姜末之后还入一点花椒，吃时嘴唇上有一点麻感。这麻感必适度才有趣，过了就有点窘。江南人比不得湘蜀之人，对麻感总不大习惯。

常熟低乡有个关于麻腐的民间故事。

传说有个姓姜的外地恶少生了一脸大麻子,见卖麻腐的小摊必来光顾,吃一碟添两碟,完了就一一指问:这是什么?那是什么?待摊主说出"麻腐"或"姜末",他的拳头就上来了,说是侮了他姜大爷。问者有意,答者无心,没一个不中计的。

偏有个少女机灵,见问的是个外地口音的麻子,便答:"这是白玉糕。"麻子又指问麻油:"这是什么油?"少女答:"这是黄金油。"麻子少爷听了高兴,破例付了双倍的钱。白玉糕和黄金油相匹,确是华贵吉祥极了。

爆米花

记忆中的爆米花师傅总是穿黑衣裳的,脸上总是沾了些黑灰,牙齿就显得蛮白。他们的担子,一头是木制的风箱,另一头是火炉和米花机。米花机鼓着个大肚子,通体黑色,唯有摇柄那儿的一块钟状的压力计是白色的。

爆米花深受小孩子欢迎,师傅担子在巷口一歇,不等煤炉火旺,生意就源源而来了。女人们拗不过小孩子,用升箩或淘箩装了点米,让小孩子来加工"泊累"。"泊累"就是爆米花,大人小孩都这么叫,大概是英文"PALY"(玩)的音译。爆米花是膨化食品,食之非为果腹,就是吃着玩的。

黑师傅将米装进米花机,又掏出一个小瓶子,拧开瓶盖,颠着,计较着倒进一点白色的糖精。拧紧了口子,米花机就横架在炉子上了，而炉子是和风箱联系着的。师傅左手摇米花机，右手拉风箱，动作很是协调。摇柄吱嘎响，风箱噼啪响。一蹿一蹿的火苗是无声的，像一块被魔法控制的红绸。师傅不时瞟一眼压力计，油黑的脸膛忽明忽暗，泛着陶一般的釉色。在小孩子眼里，爆米花师傅是蛮有本事的，因为他能把几撮米变成一斗"泊累"，因为他操纵着一个惊心动魄的爆炸。

黑黑的米花机在炉火中翻滚，慢慢变成了暗红色。大概十多分钟之后，压力计的红针就走到了一个刻度。师傅把米花机翘起来，歪到一边，另一只手拉过麻袋把米花机裹住了。女孩子都逃开去，掩住了耳朵。男孩子硬撑着不逃，屏住了一口气。师傅的表情凝重起来，一只手稳住米花机，另一只手把一根撬棍布置好，用脚踩住，大声喊一句："响——啰——"脚下一使劲，踩出"嘭"一声沉闷的巨响，麻袋里立时窜出浓浓的白雾。小孩子赶紧围拢来，赶紧吸气——好香啊！

几撮米神奇地变成了一大堆"泊累"，人就大方起来，孩子们的口袋都被装得鼓鼓的。刚出炉的米花特别脆，抓一把灌进嘴里胡乱嚼，那浓烈的香气便从鼻孔里往外喷呢！连着吞，口水接济不上，就回家泡米花汤吃。如果有麦芽糖，米花还可以做成米花团子或者米花糖。我妈做的米花团子特别大，两只手才能捧起来，看我们捧着米花团子无从下口的狼狈相，我妈笑得合不拢嘴。

麦芽糖

旧时，小孩子要吃麦芽糖得用破烂和串家走巷的换糖担交换，这恐怕是仅存的以物易物的原始交换方式了。

换糖担是一对竹丝筐，筐上各配一只小竹匾，竹匾撒过白白的面粉。脸盆大小、一寸多厚的麦芽糖饼就凝在匾子里。

换糖的一手搭在扁担上，一手执一支竹箫在嘴上吹。那短箫只四个眼，只能吹出五个音阶，总是那一句乐谱："咪咪……咪累哆，哆咪累，累……"虽然简单，却绵柔，悠悠地送得蛮远。

和换糖的做交易的大多是孩子。取麦芽糖的方法特别：左手拿片状的铲子，右手执个小铁锤。小铁锤敲在铲子背上，就敲下一块糖来，然后让孩子自己取糖。孩子得了糖，就嚷嚷："饶一饶，饶一饶！"是添一点的意思。就再敲一小块。孩子又嚷："再饶饶，再饶饶！"就再敲下一点点糖。有时故意说："不能饶了，亏本了。"孩子就朗声念道："换糖三饶头，不饶触霉头！"等饶过三次，换糖的就念："换糖三饶头，再饶烂舌头。"一边就收拾担子走路，走出一段路又吹起短箫来。挂在棚绳上的那两件铁器随着步伐互相撞击，叮叮有声。

有了破烂本可去供销社卖的，可孩子都喜欢留着换糖。"饶三饶"是风俗，你不叫"饶"，换糖的也会"饶"你的，这使交易的过程变得热闹，常能引出来新的主顾。

有不懂事的孩子为了换糖，把家里的牙膏挤空了去做交易。大人哭笑不得，却一般不会认真追究。他们小时候恐怕也这么干过的，知道换糖的乐趣。

蛳　螺

常熟人代代相诒，固执地把"月亮"称作"亮月"，把"螺蛳"称作"蛳螺"。仔细想，常熟人是对的——和"太阳"对偶的是"亮月"，而非"月亮"；和"田螺""海螺"对偶的当然应是"蛳螺"，而非"螺蛳"。

相传不知什么年代，兴福寺有个小和尚耐不得常年素食，就偷偷去附近河浜里弄些螺蛳来吃。不久，破戒之举败露，小和尚受到严厉训斥，却还是禁不住美味诱惑，屡教不改。到后来，当家和尚就要小和尚做最后的抉择：要么吃素，要么还俗。为了吃螺蛳，小和尚毅然选择了还俗，可见螺蛳的鲜美非同一般，属"佛跳墙"级美食。小和尚被逐时还留下一些已经剪去螺尾的螺蛳，都还活着。老和尚连称"罪过"，把残螺放入寺旁空心潭内。螺蛳的生命力强，竟然在潭内活了下来，而且代代相传都不长螺尾。据说，这便是空心潭"无尻螺"的来历。

清明前后的螺蛳基本上不怀子，浓油赤酱地炒，或者重姜重蒜地蒸，味道都好，都有一种无法模拟的独特鲜味。炒和蒸都要有度,"透"或"欠"都会造成难于吸出螺肉的后果,就得用针来挑,不只麻烦,还丢失了汁肉同时入口的快意。

螺蛳行动缓慢,用个耥网沿河滩推扒,就能耥到螺蛳。还有更省力的:傍晚时分,往破草包里塞进些石块,系上绳子抛下河去,第二于早晨,把草包慢慢拉上岸来,草包上准栖满了螺蛳,一捋一大把,得来全不费工夫。

螺蛳耥回来后一颗颗洗净,不能混进一颗死螺,否则能臭了一碗,晦气。洗净之后还要养一养,让螺体内的杂物排空。

乡间有"螺蛳姑娘"的传说(有时叫"田螺姑娘")。家里养着螺蛳,大人就会把这个传说讲得头头是道津津有味。说有个种田后生是孤儿,有一天耥到了一粒像田螺那么大的螺蛳,舍不得吃,养在水缸里,一养就养了三年。大螺蛳其实已经成了精的,对勤劳善良的后生产生了感情,待后生下田时,就变作女子操持家务,备下可口饭菜。后来后生窥破了秘密,再后来螺蛳姑娘成了后生的妻子,跟后生生了个大胖儿子……后来姑娘受不了村上人的歧视,跳回螺壳变回螺蛳,再不肯做人了……

小时候听这个故事,觉得遗憾得要命,抱怨种田后生留着那个螺壳。这个故事演绎的是"众口铄金"的悲剧,被那么多人指着脊背窃窃私语,日子就难过了,到最后就没法过了。本来向往做人的螺蛳精变回原形是一种无奈,更是一种对人间的失望。幸亏后生把螺壳留着作纪念,要不然,螺蛳姑娘就没有退路了,悲剧可能会更加沉重。

蓝调江南

中国老百姓既然能同情许仙和白娘子的结合，我想他们对螺蛳姑娘的窃窃私语大概也并无恶意，就是说说稀奇而已。哪知道，无意中就破坏了一段美满的婚姻，破坏了一个幸福的家庭。这个故事里没有坏人，而由一群好人在不知不觉间酿成的悲剧实在是更沉重的悲剧，更有警世的意味。

关于螺蛳，还有一个阴森恐怖的传说。说落水鬼被迫在河底捉螺蛳，捉满一筐子螺蛳才能得到投生的机会，而阎王爷发给他们的筐子却是一个无底筐……落水鬼就是溺死在河中的人。大人们不厌其烦地讲这个故事，是警示教育，让小孩子小心着别失足当了落水鬼。

在河边捕螺蛳时想到这个故事，猜测即将到手的螺蛳可能被落水鬼捉过，就有点怯，有点腻歪。

小孩子都有一个天生的本事，就是能识别童话手法，不会把童话和生活混淆。而那些好像发生在邻村的传说之类，却往往会使他们真假莫辨。一些荒诞的故事他们也不会信，却能在他们的心理上投下或深或浅的印迹，在潜意识中产生作用。

螺蛳来得容易，又鲜美独特，街头巷尾就出现了卖熟螺蛳的小贩。摊子大多摆在夏日黄昏的路灯之下。

还记得我们小镇上当时有个卖螺蛳的，名叫莫阿六。莫阿六讲究，比别的摊头多备两样东西：一是棘刺，用于挑螺肉；二是竹筐，用于收螺壳。为了招徕顾客，他还自编了几句打油诗——

卖螺蛳，莫阿六，

罐头里厢笃笃肉，

一碗蛳螺一碗壳，

吃了肉，还我壳。

打油诗有趣，吃到螺蛳就会想起来。

电影船

电影船就是放电影的船，一条船就是一个电影放映队。船上载着放映队全部的人员和家当，在水乡流动就很便当。

电影船不大，也分船艄、船舱和船头三个部分。船艄有艄棚，因骨架用钢管做的，看上去要比一般运输船的高大宽敞些。船舱用普通的乌篷盖顶，只不过旁板全改为玻璃窗了，玻璃上贴着从电影画报、电影海报上剪下来的内容，远看五彩缤纷，近看引人入胜。船头上放着一台发电机，隆重地用专用的油布套子呵护着。那时小镇没有电，放电影的电力全靠这台机器提供，要是它出毛病，就惨了。事实上，这种马达是蛮娇气的，常常"抛锚"或"插蜡烛"。"抛锚"就是发生故障，经过一番抢修又活了；"插蜡烛"就是死机，怎么也修不过来，你就点蜡烛祭它吧。多次经历这种扫兴的事，马达就有了一种令人恼恨的神秘感，犹如小孩子眼睛里的那些裹在白衣白帽白口罩里的医生。

电影海报是提前十天半月就贴出来的。只一张，贴在镇中心石桥塊，是一张印着一圈电影胶带的白纸。内容是用彩笔写的：某月某日某时，放映国产惊险战斗故事片《无名岛》，加映新闻纪录片……

每天上学路过石桥，我都要看一遍海报。有时风雨把海报刮掉了，就觉得心悬悬的，不踏实，担心发生变故了。

最担心的还是放映那天下雨。电影是露天放映的，一下雨就没戏了。别的镇的海报也是早贴出去的，没法"天雨顺延"，错过了日子，就只能等下一个轮回了。一个轮回是一两个月，多漫长啊！

那个日子终于盼来了，而且不下雨，谢天谢地！

吃过早饭去上学，远远地就听见了高音喇叭的声音。电影船泊在石桥附近，高音喇叭就架在艄棚顶上。喇叭里在播放歌曲，歌曲和晚上的电影没什么关系。这不是促销活动，因为没有必要。放映队的小伙子之所以在早市里喧闹一番，完全是一种炫耀。瞧，他们在船上这里那里地坐着站着，这样那样地说着笑着，似乎一个个都有了电影明星的派头了，似乎电影就是他们拍出来的。

伴着歌声的是马达的轰鸣声。马达就在船头上，空气里隐约有好闻的汽油味。这么健壮的马达是很让人放心的。

电影船就这样给小镇带来了一个欢天喜地的节日。

蓝调江南

那时候的语文老师总会出"我的理想"之类的作文题，总有些男孩子会把当电影放映员作为远大的理想，可见在孩子们的心目中，电影船是个了不起的好东西。

河岸上挤着一帮孩子，在那里指指点点地欣赏贴在玻璃窗上的明星像和电影剧照。男孩子更在意男明星，比如王心刚、于洋、崔嵬、庞学勤等等；对战斗片和反特片更来劲，比如《怒海轻骑》《无名岛》《铁道游击队》《羊城暗哨》《宋景诗》什么的。《宋景诗》说的是农民起义军黑旗军和清廷王爷曾格林沁打仗的事，特来劲。那一阵子，许多男孩子都用木片做了大刀片子，刀把上缠着麻线，考究的还挂着两条红布条。一群男孩分成两队，隔着大片的红花田（用作绿肥的紫云英田），远远地布阵对峙；领头的喊一声杀，所有的战将都"举刀策马"，奋勇冲阵。一时间杀声四起，红布条飘扬，内心涌起来一种悲壮的豪情。两队相遇，并不真的厮杀，大伙就是想体验古战场上策马冲阵的那种感觉。

电影船和石驳岸之间有跳板连着，却没有人敢上船走访。那时候，小镇上的孩子没见过大世面，缺少交往的经验和自信。

想不到，放映队长有一天会来找我。

这件事要从街尾那片废墟说起。废墟就在我们家附近，本来是一个大户人家的宅邸，后毁于日军的兵火。用"断壁残垣"来形容并不确切，因为整个儿是一片瓦砾。夏秋的荒草轻易就能淹没断砖残瓦，成为一片起伏的绿色。只有围墙还是完整的，斑斑驳驳地爬着些百脚草。朝南有一个石库门，用三条刻着纹饰的石条构成，看上去还是有点派头的。大家称这片废墟为"石库门里",是男孩子的乐园。

二宝是农家孩子,说让这么大一片地荒着太可惜,就领着我们种南瓜。种南瓜讨巧,不必全面垦荒,只要拓出一个个锅盖那么大的"凼"就可以了。凼里施些猪窝泥,插七八粒南瓜子,上面用湿灰盖住就完成了播种。猪窝泥是上等的基肥,以后只要浇浇水就可以了。南瓜蔓长得快,一天一夜能长出几寸来。不久,一凼凼的南瓜就像一营营的兵,呼应着,与荒草展开了争地之战。有我们的帮助,南瓜当然胜券在握。南瓜蔓越长越快,快长疯了。像约好了的,好多南瓜花在一个早晨一齐开放。南瓜花是标准的朝阳的颜色,灿烂得要命,每一朵都是欢天喜地的样子。蜜蜂急忙赶来采蜜,嗡嗡嘤嘤,喜气洋洋。种南瓜真是很有劲的事!

那天中午,我们正在南瓜地流连,来了电影放映队的两个人,一个年长些的是队长,另一个很年轻的叫小高。他们竟是专门来找我们商量的!第一次有大人来和我们商量,我们有点感动,有点不知所措。

那是一件麻烦事:放映队每次放映都借用小学操场,这次正遇上学校翻建房子,放映队就看上了这片有围墙的废墟。

南瓜正处在收花结果时期,拳头大的小南瓜毛茸茸的爱煞人。毁掉这些嫩果太叫人难受了!我们咬着嘴唇,面面相觑——怎么办呢?最后,我们的目光都聚到了二宝身上,他为这些南瓜付出得最多。

二宝的脸上有了些红晕,冲我们说:"当然的,是吧?"

就这没头没脑的一句,我们全明白了,点点头,松了口气。

二宝对队长说:"就这么定了,不算啥的。"他说得很随便。这种时候越随便就越显出气概。

我们一点也没提条件,倒是小高主动给了我们每人两张优待券。那时候每张电影票值五分钱。

以后,每次放电影就都在"石库门里"了。这给了我们一个机会,因为小龙家就在石库门里头。我们提早吃过晚饭,躲在小龙家的小房间里,等到场子里开始放幻灯片时才急急忙忙地溜进场去。幻灯片之后是新闻纪录片或科教片,我们所以急急忙忙是为了看幻灯片。有些幻灯片是电影队自制的,比如用作静场的"静",用作告别的"再见",用作说明的"换片"。有些幻灯片是文化站制作的,与当前中心工作或农事有关,比如"欢呼实施《婚姻法》"啦,"怎样防治二化螟"什么的。有些自制幻灯片是和当场的电影片有关的,比如"剧情简介""时代背景"等。放映《野火春风斗古城》那天打出一片幻灯:"本部影片的编剧兼导演严寄州是常熟人。"放映《马路天使》时,有一片幻灯:"常熟人周璇被誉为金嗓子。"我们觉得这些幻灯片也很有趣,不看就太可惜了。

电影队的发电机就安置在小房间窗外不远的地方,躲在小房间里就有党的地下工作者在敌人眼皮底下活动的感觉了。这么一来,每次看电影,我们就有了双份的乐趣。潜伏和冒险对男孩子来说确是一种乐趣呢!

躲在小房间一个多小时不能大声讲话,怪难受的,就带些"小吃局"去消闲。放映《山间铃响马帮来》那次,炳元带来一口袋炒黄豆共享。不久,潜伏者就开始放起屁来,简直此起彼伏、臭不可闻,起先大家拼命忍着,后来终于无法忍住,笑得天昏地暗。笑声惊动了管发电机的小高,他在玻璃窗上朝我们弄眉挤眼,学着二宝那天的口吻说:"就这么定了,不算啥。"他这么一卖交情,潜伏从此就大为乏味了。

网　船

　　网船由三个部分组成。船头是"台",船舱是"轩",船艄是"亭"。船的乌篷顶上晾着黑色的线网,艄棚里挂着灰白色的丝网,所以人称网船。刚上网船,你会闻到隐隐的腥味,过一会儿就闻不到了。

　　一条网船就是一个渔家。一对夫妻带着孩子,在这小小天地里劳作、生活。儿女渐大,就得另打新船,很少有三代同船的。

　　船头是劳作的地方,捕鱼捉虾。酷暑严冬,许多的辛苦全堆积在这不足两平方米的地方了。船头之下有一个隐蔽的小舱,和中舱隔绝,却有两个对偶的小孔与河水相串通,舱里就有了活水,是蓄养活鱼的处所。有的渔家还在里头养一条小"横鲇"(鲶鱼),用作"捣乱"。鲶鱼是食肉鱼，从小就很凶的，使舱里的鱼处于一种紧张状态，就保持了活力。

艄棚紧连着船舱，比船舱高出一尺左右。高出的部分装一排玻璃窗。人在艄棚驾船和作业，视线可以越过舱顶看到前方的水面。艄棚相当于陆地人家的起居室。平基板、小方桌、矮脚椅等等全用桐油油过，干干净净，光可鉴人。在这里，最讲究的女人也会忍不住蹭了鞋享受自在。这儿一面傍着舱，其他三面无保留地敞开，拥有了最鲜活的阳光、空气和水。网船是个小天地，渔家比陆居人家更信赖大自然，更亲近大自然，便拥有了广阔得多的生存空间。

船家平时一边行船，一边做打鱼的准备，很忙，夫妻俩就任凭他们的孩子在平基板上爬来爬去玩。小孩腰间拴着一根带子，掉不到河里去。孩子稍大就会水了。渔家教孩子游泳是不屑用救生圈之类的。大人把孩子剥得赤条条的，只在孩子腰上拴一根绳子牵在手里，便往河心抛，凭孩子扑腾去，不到万不得已不拉绳子。这么折腾几下，就行了。

在舱顶上栽一盆葱，栽一盆蒜，有情致的还养几盆月季、山茶、仙人掌什么的。或养一条狗，或养一只猫。吃多了河鲜活食，狗和猫的毛色都极鲜亮，走着坐着都是精神抖擞的。如果同时养狗养猫，那得讲究个"青梅竹马"——在幼小时同时接来"窝"在一起，否则狗猫难于相处。抬头不见低头见，在逼仄的环境里闹矛盾很是麻烦。

船尾贴近水面处栖有一个用板条钉成的小鸭笼。里头关着几

蓝调江南

只鸭，聒聒不休地噪吵。囚禁它们是因为它们屁股里有欲出的蛋，放出来会屙在河里的。其他的鸭子经检查没有"欲出"，就放在河里自由觅食。要走船时，船妇招呼一声，鸭一边觅食，一边随船行进。橹声悠然，很好听。有恋食掉队的鸭，狗就冲着汪汪地警告。那鸭展翅踩水跟上来，激起一道白浪花，呱呱叫，表示对狗多管闲事的不满。船上的狗比较寂寞，巴不得发生一点事故。船交会时，船上的狗都会在船舷上奔跑着冲对方大吠。难得相遇同类，它们感到很亲切，很激动。它们奔跑的方向正好与船行的方向相反，四条腿忙着，看上去却是静止的。它们这么奔跑并不为了捍卫边界，而是想延长亲近的时间。

灶置在舱门一侧。以前是行灶，后来是煤炉，现在大多有液化气了。忙碌一天，收获不少。船在桥堍或树荫里泊了，摆开小桌子矮椅子，在习习的晚风中端出几个菜来，斟出一杯酒来。汉子呷一口，抿一会儿才咽下去，舒服地"呵"一声。小孩爬在父亲腿上，手里捏着一只鲜红的大虾。收音机里播放着"空中书场"，琵琶弦子叮叮咚咚地流出来。

猫坐在桌子一角，细声细气地叫一声，不是馋，而是要确立它在船上的地位。这会儿狗不在船上，早上岸去了，不是散步，而是跑步，积蓄了一天的精力，这会儿得释放一下才是。不管怎样，狗还是更亲近陆地。狗疾走如风，尽量地张开脚掌，感受泥土和草。船妇冲着狗亲昵地骂一句："鬼东西，疯啊！"

再过一会儿，月亮就会出来了，有时是圆的，有时是弯的。

拖在网船后面的那只淌淌船无声地摇晃着，似乎也喝了酒，醉醺醺的样子。

网船后头大多拖着一条淌淌船。淌淌船是吴地方言，其实就是那种微型的小划子。淌淌船原指载客的小航船，航船在开船之前要"淌淌淌"地敲小锣催客上船，后来也指很小的小划子船，因为这个名字用吴语唤来极其亲昵有趣，像在唤某个调皮男孩的绰号。"亮月亮，出淌淌，淌淌船上好白相……"童谣里的月亮当是月牙儿为好——天上弯弯月，弯弯水中舟，就有趣了。

淌淌船真的很小巧，舵、平基、跳板等等都省略了，仅备一片小小的桨，几乎只可独乘。上船不可太随意，要踩正中轴线，否则弄不好会倾覆。坐定了，一看，臀部已在水平面之下，不谙水的就有些怯。如果是空船，船头就昂起，欲飞状，有一种迫不及待的情绪。等不及人划桨，船先动了，就觉得这是个活物。划桨不必太用力，否则船会打转转。如果打转转，你赶快反打几桨。

水乡，河浜如网，淌淌船很忙，很快活。

渔人有时是连桨都不肯带的，手一拨，腿一摇，腰一扭……淌淌船就明白了，或动或静或疾或徐，或直走或转向或打旋儿，活生生成了人的有蹼的脚。

放麦钓之类的活计用淌淌船最好。麦钓是用半只牙签那么纤细的篾片做成，两头插在浸胖的麦粒里，成为一张微型的弓。鱼咬麦粒，弓便成为鱼口中的闩。一根尼龙线蛮长，系着很多个麦钓。放线是个细活，乱了钓线烦死人。渔家汉子操作得好仔细，两只手都

蓝调江南

是忙着的,便叉开双腿用脚片子拨水,仿佛骑着一头聪明的海豚。忙毕,一抬头,发觉网船和婆娘已经在老远的地方了,撒泡尿,点支烟,盘起腿,瓮声瓮气哼唱一句,悠悠然打一桨。淌淌船不在乎桨力大小,仿佛只是受着网船的某种引力,在水皮上滑行。狗在网船上哑哑地吠,亲昵得要命。

如果在淌淌船的两舷挑出些树枝来,就成了鱼鹰船。每根树枝上栖一只或两只鱼鹰,一条船就有了一个班的鱼鹰了。

鱼鹰学名鸬鹚,"水老鸦"和"鸟奴奴"则是它们另外的俗名。称"水老鸦"是因为它们浑身黑羽,状如乌鸦;称"鸟奴奴"是因为它们从小受到训练,为人捕鱼,是人的鸟奴。"鸟奴奴"的"鸟"字一定得读作"吊",否则吴地人听不懂。鸟奴奴比鸭子大得多,一身黑羽有金属的光泽,在阳光下略透紫色;眼睛是棕色的,贼亮;喙长长的,带着钩;脖子上的皮宽宽的,老在一鼓一鼓地动,一副气鼓鼓的样子。下水前,主人将细细的绳圈箍在它们脖子的下端,使它们能将鱼衔在嘴里,吞在宽大的口腔里却不能咽下,只能把鱼交到船上来换豆腐吃。这也许就是它们老是气鼓鼓的原因吧。

渔人在船后拖一根篙,打桨往河的阔处来。七八条鱼鹰船很快围成一个圈。一人朗声喊:"宛——宛!宛宛……"其他人一齐响应,同时按一个节拍踩响舱内的一块板,嘭嘭如鼓。吆喝粗犷极了,节拍热烈极了,听了觉得肌肉里充满了鲜辣辣的力量。这渔家祖传的交响乐能协调动作,惊憷水下的鱼,更能鼓舞鱼鹰的斗志。

鱼鹰下水了，姿态各异，大多很潇洒，纷纷叼起活蹦乱跳的鱼……

鱼鹰出猎，多在下午。赤脚的渔家少年在街巷里啪啪地奔跑，一边喊："卖鱼喽！卖鱼喽……"养猫的老客户不买鱼也没关系，几条一指长的穿条鱼就抛进门来，在地上啪啪地打挺。这是给猫吃的，不要钱。

临水而居的农家也有备淌淌船的。

采菱可以用菱桶，而使用淌淌船更得心应手。做这种活的大多是少女，她们多喜欢穿红色的短袖衫，好让一河一湾的翠色来衬托她。淌淌船成了快活的鸭子，在菱头里逶迤、追逐。少女捉住一朵菱头，提起来，一把红菱灿然出水。若有斜阳晚霞映照，红玛瑙似的更好看。淋漓的水也成胭脂色了。数一数，十几个，就喝彩："嗬！看哪！"那一头也有人喝彩："嗬！看哟！"就有一两只红蜻蜓飞起来，在水面上盘旋。

如今的姑娘不大肯唱本土的山歌了，一张嘴就是流行歌曲。有带微型放音机的，戴个耳机，很气派。采菱的动作不觉有了某种节奏。淌淌船滞滞的有点不高兴，大概是认为受了冷落。

四个角或两个角的菱角在舱里堆积，渐渐拥簇了姑娘的腿脚。做采菱这种活，裤腿当然是挽起的，或者穿短裤。菱角是艳艳的红，腿是藕似的白皙。菱那凉凉的、尖锐的线条反衬出来腿的温暖与柔和。

涌波一浪一浪地拍着船舷，淌淌船就吃吃地笑。

蓝调江南

江南的城镇除了街巷，总还有一个水系网络着。常熟城里有好几处"三步两条桥"，走三步路就能踩到两条桥，可见河之多。地皮金贵，市内的河大多被两岸的石驳岸和房屋挤得非常苗条，某些河段人可以隔河握手。淌淌船可以载着萝卜、水芹、红菱、白藕、西瓜、冬瓜、鲜鱼、活虾伶伶俐俐地深入城市腹地。一声吆卖，万种风情。临河的窗子探出三婆四婶，讲好价，吊下只篮子，篮子里压着钞票。秤尾一翘，说一声："先！"（足秤之意）篮子被提上去，货与找零都盛在里头了。货直接来自产地，新鲜，而且送货上"窗"，方便，淌淌船的生意不错。

如今，老城镇被改造，这种淌淌船生意日见少了。其实，淌淌船有些功能是难以被取代的。淌淌船生意除了方便，买卖双方在一递一送之间产生的那种水盈盈的情调实在是能滋养人心的。

家里的灶头

江南的灶既讲究实用，又讲究美观。灶台的横截面大致上是个腰子形，而纵截面则无法名状。灶台上有一大一小两只铁锅和一只汤罐，布排得疏密有致。围着锅的是灶沿，用方砖随形镶拼而成。灶台靠灶门一面立一道墙，称为灶壁。灶壁阻隔了灶膛的烟灰，还掩蔽了柴爿草把等杂物，使厨房整洁有序。除了灶沿，灶的其他部位都用石灰粉过，又用墨线勾出轮廓线，画出种种"灶花"。考究的匠人会在墨汁里加些石青，使画出来的墨线中隐隐透出些青蓝，显得清秀悦目。整个灶头几乎没有直线，那么多即兴式的弧线使灶头既端庄又秀气，像一位穿着蓝印花布的农家少妇。

大锅又称饭镬，是专门用于煮粥饭的。"新米饭，炒青菜，三碗饭,现来甩。"这句顺口溜是描写饭的香美的。"三碗饭,现来甩"的意思就是连吃三碗饭没问题。灶上煮的米饭肯定要比铝锅和电饭煲煮得香,那是因为灶上的饭有一张香喷喷的饭粢(锅巴)薰着。只要不是冬天,我妈会特意为我们"逼饭粢"——把饭打到饭篮里,然后盖上锅盖再加烧两个草把,锅里初步成形的锅巴就成了挺括的、两面金黄的"吃局"了。饭后大张旗鼓地掰一块举着,边走边吃,嘎嘣香脆,开心死了!饭粢糕也叫烘片糕,是常熟的土特产,虽有锅巴味,却没有锅巴在牙齿间粉碎时令人愉快的脆响,逊色多了。用了电饭煲,就吃不到脆锅巴了,要吃就得到饭店去点"天下第一菜"。一盘锅巴端上,随即把一碗配好的菜汤倒在锅巴上——嘶啦一声,香气冲人。朱元璋落难时在一个农家吃过这道菜,当时肚子饿,觉得太好吃了,问是什么菜,农家哪讲究菜名,主人随口说是"铲刀汤"——锅巴不是要用铲刀从锅上"掠"下来的吗?朱元璋当了皇帝后就封这道菜为"天下第一菜"。饭店里的锅巴并不正宗,是用油炸成的,和用灶火"逼"出来的差远了。

大锅上接个屉笼就能蒸糕。屉笼的底稀稀的用十多片竹片做成,怕漏,上面铺一块纱布,粉料就放在纱布上。锅里的水蒸气透上来,慢慢把粉料变成糕料。蒸糕用硬柴,特别在开火时要小心把握好火候,不能太小也不能太旺,否则会造成"漏屉"。做蒸糕总在年关将近的日子,取个"蒸蒸日上,高高兴兴"的美意,漏底是很犯忌的。大人在这时总会警告小孩子不能乱说话,说了不吉利的话会漏屉,搞得神神道道的。我母亲有经验,从不漏屉,她总说我们家的家运好。糕料出笼后还要在桌子上用扁担压实成形,做成圆圆的一片,装在圆圆的匾子里,洒上些白砂糖和青梅丝、红萝卜丝什么的,看上去和和美美,甜甜蜜蜜,馋死人。

大锅上可以叠接好多个屉笼用来蒸菜。这是过年过节或是大请客时才有的盛况。菜是预先烧配好的,放在屉笼里蒸着,上桌时还热腾腾得烫嘴。这就是江南蒸菜。比之于炒菜,江南蒸菜的脂肪少,现在成了一些饭店揽客的品牌了。上世纪60年代闹饥荒时,我正年少,那时候常做关于吃的梦,梦中的菜总是三种,一种是红烧肉(里头有笋干或百叶结),一种是淋着酱油的水芹和皮蛋的拼盘,还有一种就是"一品锅"。"一品锅"是蒸菜中的一种——碗底是白菜,碗面上整整齐齐地铺排着爆鱼块、蛋块、走油肉片、鸡块和冬笋片,最后又洒一点青的蒜花和红的火肉丝,汤是用的鸡汤原汁,很烫,鲜得人掉眉毛。

小锅是用来做菜的。一个家庭有一个家庭的传统菜,叫家常菜。我家的第一号家常菜是黄豆芽炒咸菜。我妈说这个菜开胃,我爸说这个菜纤维素丰富预防滞食。咸菜是我妈自己腌的,酸咸得宜,真是很开胃的。我们家的灶头常年散发着黄豆芽炒咸菜的香味,金家的人一个个胃口上佳,头发乌黑。我姐姐妹妹长期受到影响,出嫁当了主妇之后也把这个菜列入了家常菜的菜谱。我妈的绝活是螃蜞豆腐。铜板大的小螃蜞是很便宜的,买回养几天,让螃蜞把积食排空,才能用。把螃蜞放进石臼里捣烂,用纱布沥去渣子,然后用这稀浆煮豆腐吃——哎呀,那个鲜啊!我妈会在这道菜里加进一点笋丝或者茭白丝，否则在嘴里留不住，还没享尽鲜美就滑到肚子里去了。

两锅之间嵌有一只汤罐。汤罐没有专门的盖，它的盖就是黄铜的广勺。汤罐虽能兼得两个灶膛的余火，但地处边缘，只能达到微温。在吴语中，"汤罐"是慢性子的代名字，慢性子的人很可能被人戏称"某汤罐"。用汤罐里的温吞水来洗碗涮锅倒是挺相宜的。我妈不许我们用汤罐里的水洗脸洗脚，说汤罐中难免掉进饭粒油星，用来盥洗是"不作兴"的。我家备有一个有盖的陶罐，是专门用来提供盥洗用水的。烧过晚饭之后，盛满水的陶罐就埋在灶膛的火灰里，等到吃罢晚饭，这些水也就温热可用了。

汤罐旁边备竹丝洗帚。砧板上有菜刀，砧板边有抹布。老话说："进门看抹布，出门看鞋跟。"要知道这家的女主人讲不讲究整洁，只要摸一摸抹布就清楚了；要知道这家女主人治家如何，只要看这家人穿的鞋子就清楚了。这是我妈反复讲的话。

将灶壁称作"壁"，不准确，灶壁更像砖砌的格子橱。下部的格子是放油盐酱醋瓶瓶罐罐的，上部的大片空白处绘有灶画——无非是灵芝双燕、喜鹊登梅、五谷丰登之类的吉祥主题。烟突旁有个小小的壁龛，就是灶王爷的办事处，称为"灶山"。灶王爷在吴地被唤作"灶界老爷"，用宣纸套色印成，折成砖块那样的版本，供在灶山上。壁龛前挂有竹编的小帘子，称作灶帘。当年上映动画片《大闹天宫》，江南的老辈人都觉得里头的玉皇大帝好生面熟，后来才知道，上海美术电影厂的大画家万氏兄弟在设计玉帝形象时正是参考了民间的灶界老爷相貌。

相传不知什么年代，出了一个馋痨州官，上任伊始就告示乡民，要轮着到辖区的每个家庭吃一顿酒席，若是不请或招待不够水平，就要受到他的惩罚。这州官把老百姓吃得苦透，后被一个叫"张大巴掌"的武夫一巴掌拍扁在灶壁上了。玉帝顺应民意，把这个家伙封为灶君，让他一年到头眼睁睁地看着家家户户烧好东西吃。

关于灶王爷的传说众说不一，我最喜欢的就是这一个，世俗化得有趣，而且与人们对待灶界老爷的态度相吻合。人与灶家老爷虽是低头不见抬头见，但一年中只有两个日子想到要供奉一下这位家中的老爷。腊月廿四要送灶，送灶家老爷到玉帝那里参加年会，汇报工作。吃过晚饭，在镬盖上点上香烛，供上麦芽糖、糖团子等点心，家里男人过来打个拱，嘴里念念有词："上天言好事，下界保太平。"祭祀毕，将灶界老爷的纸码连同灶帘一起送到门外焚化，再化点纸锭什么的充作老爷的车马费，撒点黄豆什么的充作老爷坐骑的马料。当然还要放几个爆竹的，喊："我伲灶界老爷上天哉！"就算完事。麦芽糖和团子馅都是甜的，有临时抱佛脚，讨好灶家老爷的意思。不管怎么说，人家毕竟是玉帝派来常驻的监督员。团子的皮用的糯米粉，很黏，麦芽糖就更黏，一心要把灶家老爷的嘴粘住，免得他在玉帝那里多嘴多舌。灶家老爷回任的日子是正月十五，同样要点副香烛供点吃的。天下太大，人家太多，玉皇大帝管不过来，只能采用设置派出机构的办法了。人神之间能这么来调侃的，也只有中国人了。想想这类市井幽默，是挺开心的。

蓝调江南

我家的灶山上从不供神像,也不挂灶帘,但那个壁龛是空着的,母亲禁止我们在里头放任何东西。其实,这么空着反而能为灶家老爷保留一点神秘感和神圣感,那些烟熏火燎灰尘满脸的纸码和灶帘一点派头也没有的。在母亲的心目中,灶家老爷是上苍派驻在我家的道德监督员。我们小孩子在外头"惹厌",回来还想说假话蒙混过关,母亲就会一本正经地把我们叫到灶间,用一种严肃的低声说:"当着灶家老爷的面,你再说一遍……"不知怎么的,她这么一来就营造出一种心理压力,少小的我们多半就只好说实话了。

灶壁的另一边是储柴草和烧火的地方,称为灶塘。稻草麦柴被打成Q形的"草把",码成垛备用。打"草把"一为耐烧,二为保持灶塘整洁。黄昏时分,小镇的更夫敲着竹梆在小巷里穿行,一遍遍地念叨:"水缸满满,灶塘看看,火烛小心哉……"听着这浪声漫调的提醒,人就感受到人世间的秩序和生活的安宁。

镜头一:我妈在灶上忙碌,制造着白雾腾腾的气象,油锅的爆响,还有引人垂涎的香气。我姐或我妹在灶塘忙碌,灶膛火把她们映得红光满面,神采飞扬。

镜头二:我姐系着围裙,用一只低凳接脚,在灶上努力模仿着母亲的操持,不免手忙脚乱,大声向弟妹发出"旺火"或"文火"的指令。这当然是发生在我妈不在家的日子。

镜头三:我们挤在灶塘旁,利用灶膛余火煨山芋,紧张地嗅着,辨别空气里是不是有了山芋的焦香。吃完煨山芋,我们的嘴唇黑了,鼻孔也黑了。

镜头四：姐姐或妹妹在灶塘里"填脚炉"。脚炉里是预先放了木屑或砻糠的，用火筷子挟出火灰填进去，用脚踩结实。挑选什么状态的火灰是成败的关键：填了太"过"的灰脚炉不"发"，反之则会冒出烟来呛人。"发"的脚炉不但能捧着烘手，踩着暖脚，还能在里头爆黄豆吃。把黄豆放进灰里，等着，听到"啪"的一响，黄豆就熟了！

……

冬天，在灶塘里烧火是件美事，当地人称为"孵灶塘"。母亲从不差我下灶塘烧火。这恐怕不能用重男轻女来解释，因为她同时也不让我得到孵灶塘的享受。她说男孩子要做重要一点的事，比如有客人来了，女孩子下灶去，男孩子就应当到客厅陪客人说说话，学着"上台盘"。她说男人和狗不能孵灶塘，孵灶塘的总是女人和猫。

我妈这些话像不像格言？其实，这些话并非我妈原创，是一辈一辈传下来的老古话。

灶头在我们的生活中消失了，可我不时还会想起它。灶头是个金木水火土五行俱全的特别物事，能使最荒凉的地方充满人间烟火味，能使最简陋的房子弥漫温馨的家的气氛。在童年的记忆里，灶前总是站着母亲的背影。黄豆芽炒咸菜的香味很亲切，至今还能突然地感动我。

今晚看电视，见张海迪在轮椅上唱《又见炊烟》，就又想起了老家那座灶头，想起离开我们四年多的母亲，还想起一首朴素的小诗：前天/我放学回家/锅里有一碗油盐饭/昨天/我放学回家/锅里没有油盐饭／今天／我放学回家／炒了一碗油盐饭／放在妈妈的坟前。

多想再听一遍母亲唤我们吃饭的声音啊！

蟹眼天井

我家老宅有一个极小的天井,只五尺见方。大人们称之为蟹眼天井,我小时候常误称瞎眼天井。

天井的一面是长窗,三面是斑驳的墙,墙上爬着一种深绿色的藤蔓——爬山虎(俗称百脚藤)。发生在小天井里的一些有趣的事,我至今还记得很清楚。

野 鸭

老海有一支鸟铳,打到野味,送到镇上的酒店换钱,然后坐在酒店里一边喝酒,一边细细地讲他那老一套的打猎经过。大家都叫他"打鸟老海"。

一天傍晚,"打鸟老海"应约送两只野鸭到我家来。大人都不在家,我一时找不出笼子什么的来关鸭子,不知怎么办了。

老海说:"别寻了,别寻了,这天井不是蛮好吗!"说话间,从网兜里抓出来野鸭,往蟹眼天井里一塞,随手关上了窗子。两只鸭子展开翅膀扑棱棱地飞腾起来。

我急了:"啊呀,要飞掉了!"

老海哈哈笑,不说话,得意地欣赏着我的着急相。

野鸭子在天井里七撞八撞地折腾,就是飞不起来。我想,大概野鸭的翅膀是被胶布胶住了,便不再着急。

看我要去开窗,老海倒急了:"别,千万别开窗!"

原来,野鸭不比直升机,起飞是要经过一段起跑的,它们无法从这个又窄又深的小天井里起飞。

看着头顶上的一方天空,野鸭不甘心,还是一次又一次地想飞起来,在墙壁上噼里啪啦乱撞,弄得羽毛纷飞。最后,它们终于无奈地躺在地上了,甚至没有力气去梳理一下乱糟糟的羽毛。有一只鸭本来就受过伤的,那只受伤的翅膀软软地耷拉着。

这是两只雌鸭,麻栗毛色,和家鸭相仿,只是要小得多。"鸭不满斤",说的就是野鸭。

我在一只瓦盆里放了谷和水,小心放进天井去,又引起它们的惊恐,又是一番"兵荒马乱"。

第二天一早,天井里只剩下一只鸭,而且已经死了,两扇张着的翅膀伏在地上，颈项直直地向前伸出，眼睛还瞪着——瞪着头顶上的一方天空。

还有一只鸭子不知去向。后来和老海说起这事，老海断定那只鸭是被野猫或者黄鼠狼叼走了。我不信。我觉得捕杀过无数野鸭的老海，对野鸭的那种拼死的精神也是估计不足的。我断定那只鸭子是飞走了——在黎明时分，利用了墙上的百脚藤，飞上了高高的蓝天。

到了秋收时节，割稻的农民在我家附近的稻田里发现了一摊鸭毛。但我还是相信那只野鸭是飞走了的，而且是伤了翅膀的那一只。

乌 龟

父亲买回来九只乌龟。其中八只只有大人的巴掌那么大，龟壳是黑里泛出点黄；还有一只只有其他的一半大，龟壳是黑里泛出点青来。

我在铺砖的天井里为乌龟拓出一尺见方的泥地。乌龟们很喜欢这一方泥土，久久盘桓，如它们的床。

乌龟刚来，我好奇得不得了，老是垫只小凳子，踮脚趴在窗槛上用小竹竿逗它们。先是竹竿一扬，乌龟就把头、爪和尾全缩进壳里去，后来它们有了经验，非得竹竿敲到背上才敷衍似的缩进去脑袋，尾巴还是不肯缩，大概嫌麻烦。于是，我干脆用竹竿把乌龟挑得仰翻在地。隔一会儿，乌龟慢吞吞地伸出头和颈，还有一边的两只脚，一顶，"咯"，翻进来了。这种玩法需要耐心，有时它们迟迟不动作，气死人呢。我有时把九只乌龟全翻过身来，让它们比赛谁先翻身。得冠军的大多是那只小乌龟。

乌龟的食谱很广，米、饭、谷、菜、小虫等等什么都吃。蚯蚓是它们的最爱，一见蚯蚓，它们立刻活跃起来，胆子忽然变大了，都来抢着吃。有时两只乌龟咬住一条蚯蚓，像拔河赛似的拉扯不休，最后把蚯蚓拉断才算完事。乌龟吃螺蛳也好玩。对付小螺蛳，它们可以硬咬，遇上大螺蛳就得靠耐心取胜——静等着螺蛳从壳里探出身来。螺蛳也是慢性子，缩在壳里久久不出来。两种慢性子动物在一起，故事就发展得太慢、太拖沓，没法子看下去。螺蛳最后还是全军覆没了，可见乌龟比螺蛳更有耐心。

父亲买回乌龟不是为了通阴沟，更不是为了杀来吃，而是为了方便病人。父亲是中医，有一个偏方要用活龟，而且这龟要常吃韭菜地里蚯蚓的。每当开了这个药方，父亲就让病人家属到家里来拿乌龟，每次两只，不收钱。到了这一年的初冬，蟹眼天井里只剩下了三只乌龟，两只大的，一只小的。父亲把它们收进一只装了泥土和砻糠的甏。

乌龟是哑巴，可有了它们，小天井也挺热闹的。乌龟冬眠去了，我的小天井立刻显得空空荡荡，一时让人不大习惯。

第二年春天，春雷响过几次了，我们才突然想起甏里的乌龟——不好了，它们一定饿坏了！不料，打开甏来，它们还是懒洋洋地睡着，一点也不着急。

一个夏日，我忽然在那方泥地上发现了一枚灰色的龟蛋，有麻雀蛋那么大。我很高兴，又很担忧——刚出壳的小龟一定很可爱，可龟怎么孵蛋呢？它们硬邦邦的身体不是会把蛋压碎么？那时不知龟蛋是不用孵的。

我每天盼着小龟出壳，却迟迟不见动静，想：这些家伙在蛋里就是个慢性子了。

小乌龟最终也没有出世。现在想来，也许是小天井的光照不足，也许三只龟中根本就没有公的。后来，那蛋不知怎么就碎了。

我不喜欢乌龟慢吞吞的性子，却钦佩它们无与伦比的耐心。我认为这两点并不矛盾。

猫

有一次，邻居家的环环用捕鼠笼捕到了一只活老鼠，就提着笼子来找我，因为我家养着一只猫名叫"金银眼"。猫捉老鼠，说来平常，可亲眼见到的机会并不多。我一下子想起了蟹眼天井。

我家的猫，黑、灰、白一节节相间的毛色，乍看是平常的"竹节猫"，但大人说是贵种。贵就贵在它是金银眼，两只眼睛的颜色不同，一只是蓝色的，一只是琥珀色的。

正是大清早，我和环环先把睡眼惺忪的金银眼关进小天井，再把对准了窗缝的笼子门打开。走投无路的老鼠闪电般窜出笼子，以为侥幸逃脱了，兴奋地在天井里乱窜。

老鼠很快就发现了危险，惊恐万状地在墙脚找洞穴，找不到洞穴就向窗玻璃跳跃。猫好奇地旁观着，好像不认得老鼠。我们当时还以为猫是在迷惑对方，在等待出击的最好时机。

老鼠积极活动，拼命想利用墙上的百脚藤向上攀登。先是因为慌乱，一次次地失败，及至发现猫并不向它进攻，竟攀在藤上做了一次小小的休整。我们听到了老鼠咻咻的喘息声。这时，金银眼若是纵身一跃，准可以从墙壁上扑下老鼠来——那是何等的精彩！不料，金银眼居然在这时就地坐下了，盘拢盘拢尾巴，眯上了眼睛——它想睡个回笼觉呢！

金银眼使我们失望透了。

父亲知道了这件事，叹息着说："没出息的东西！没出息的东西都是人惯出来的。"确实如此，我们对金银眼太娇惯了。

我以后还会养猫，可决不养金银眼这样的猫。

母亲树

　　祖父去世时，我尚未出生，可他灵前的祭文上已经有了我的名字。我的出生似乎只是完成了一道别无选择的填空题。祖母曾非常焦急地等待长孙的出生，乍闻喜讯，失手将一杯茶泼在了裤子上。那时她已经很衰弱，连喜讯也不大能承受了。

　　几年之后，祖母随祖父走了，没给我留下多少印象，但她却通过一棵树，给了我许多的影响。

　　金家的老宅几乎全部毁于日寇兵火。除了一些下房，幸存的还有一棵老树。老树长在后院，高达十丈，胸围丈余。对于少小的我，它不是亭亭的"一棵"，而是巍巍的"一座"。那是一棵皂荚树，枝条上长着铁一般的棘刺，一副不可侵犯的样子，却从来不结皂荚，都说这是一棵雄树，可惜了。那时候，皂荚是被人当作肥皂使用的，所以觉得可惜。

我出生那年，老树冷不丁结出些皂荚来。祖母一口咬定这是吉兆，激动得不得了，央年轻人反复数点，确定皂荚共十四枚。

祖母必定也吃不准这十四枚皂荚到底是吉是凶，所以在生前反反复复地提醒家人对此重视，临终之前还郑重其事地再三叮嘱："当心，当心！"至于当心什么，怎样当心，她老人家怕也并不知道。但一个正派人的临终遗言总会备受重视，甚至被视为神圣的。

就这样，老祖母的一句遗言注定了我和老树有潜在的关系。我从小就被反复告知：这老树是和我的命运相关的。

逢年过节，我都会被母亲扯到树下去磕头。磕头时必是黄昏时节，必有香烛和黄表纸折成的锭在那儿神秘地燃烧。

母亲喃喃："寄娘，寄娘，三三给你磕头了。""三"是我的排行，至于"寄娘"，我始终没弄明白，到底是我的寄娘，还是我娘的寄娘。我觉得把一棵树认作寄娘是好可笑的，但难得朝一棵树拜一拜也是蛮有趣的。

在我的眼里，树就是树，我照样会把尿射进树洞去浇蚂蚁窝，照样和小伙伴们在树上玩"做天桥"。"做天桥"是我们发明的一种竞赛性游戏，挺刺激。老树离围墙不远，我们可用脚抵树干，手抵围墙让身体横过来作为树和墙之间的"桥"，而且慢慢地将横着的身体向上升。树干向墙的反方向倾斜，所以"桥"越往上升，难度越大。现在想来，这游戏相当危险，如果失手掉下来，不得了。

老树皲裂的树皮使人联想到鳄鱼。阴面有树根隆出地表，还有一个向上通去的罐口大的树洞。一些坚硬的灰色大"木耳"长在洞口，仿佛想努力掩盖这个伤口。这种木质的"木耳"弄下来可当头饰，把自己扮成印第安人。

老人说，这树洞是一次雷击制造的。我们偏不信，商量着要考证一番，看看这个洞是不是贯通到树顶上。树顶有洞还不算，还要带上一桶水去，往树洞里倒，看水是不是从下边的洞里流出来。这样的考证是很好玩的。

但是老树拒绝攀援。老树在它的枝丫上布满了棘刺，又在一些树叶的背面豢养了许多阴险的刺毛虫。这种刺毛虫被我们称作"扁毒"，扁扁的身体紧贴着叶片，颜色又和树叶相同，使人防不胜防。要是被它蜇到，皮肤上火灼似的痛，肿起红红的一片，一触及就猛烈地灼痛，几天都好不了。

我们终于想出了一个比灌水高明一百倍的方法：在下边的树洞里点火生烟！水往下流，可烟是往上升的对不对？

在树洞里塞进去一些柴，划火点燃，不一会儿，树顶上就冒出了白烟，哈！老树的秘密轻而易举地被揭开，使我们很是兴奋。但是，我们很快就害怕起来——柴草已经烧光，可黑烟白烟还在不停地冒，而且越来越厉害，树洞里传出轰轰的声音。显然，火焰已经把树洞的内壁点着了！这是我们始料未及的。我们先是面面相觑，而后呼啸着作鸟兽散。小孩子在束手无策时产生的第一个念头就是去报告大人。

蓝调江南

没跑出几步,我就听见一声爆裂声。回头看时,树梢上已燎出了红红的火舌。那老树似乎在簌簌地战栗。

我妈赶到了!我看见她下巴上的皮肉在剧烈地哆嗦。她尖叫着冲过去,蹭了鞋,不顾一切地向树上爬;滑下来,再爬。向来一丝不乱的妈妈在发髻散开之后显得非常陌生。妈后来说她当时只是想赶快爬到树顶去扑灭火头,至于怎么扑灭根本就没去想。

男人们赶到了。他们一面阻止我妈爬树,一面用随手抓到的破蒲包堵住了树根上的洞口。树顶上的火头很快变成了烟,慢慢地,烟也没有了。趁大人还没从这场虚惊中缓过神来,我们赶紧溜之大吉。

老树上有一种独角硬壳虫,形状和颜色都酷似微缩的小提琴。它们在被捕之后就充当我们的"绞料机"。用一根麦秸去逗引它们,它们就会怒气冲天地举起黑色的大门牙连续不断地把麦秸剪断。那咔嚓咔嚓的声音听起来痛快极了。

我猜想老树必定非常讨厌这些有大门牙的凶险家伙,于是便很费尽心机地去捕杀这种硬壳虫。首先想到用胶水来粘。弄来一些鱼骨胶涂在我所能够得到的树枝上。为了增强诱惑力,还在胶水里调了一些黄糖。这个看似绝妙的方法结果没什么效果。我亲眼看见一只独角虫在涂了胶水的树枝上弓腿走过,样子就像人从泥泞中走路,虽然并不乐意,却谈不上什么危险。粘住的只有几只倒霉的苍蝇和牛虻。

就这么罢了。我对老树——寄娘,仅有这一次半途而废的关心，真是惭愧。

有一天，忽然有一对喜鹊来树梢上聒噪。母亲挺兴奋，说喜鹊要来树上筑巢了！关照我们不要大声吵嚷，不要掮竿舞棒，怕惊扰了喜鹊。

喜鹊的毛色只黑白两色，但看上去煞是鲜亮，长尾巴一翘一翘的灵活极了。它们有响亮的大嗓门，快快活活，喋喋不休，一下子就把气氛搞得挺喜庆。

喜鹊付出十多天的辛苦才把巢筑成。远远望去，那巢犹如一个坚固的碉堡。听大人说，喜鹊筑巢绝不用枯死的树枝，是一定要去折干净的活枝的。到后来，喜鹊的喙间有了血痕，也不再聒噪，只是默默地、紧张地忙碌，它们太累了。

一天夜半，屋外响起猫头鹰阴森可怖的笑声："嘿落落……嘿落落……"隔一会儿来一声，隔一会儿来声，听得人心惊肉跳的。我妈一脸紧张，特地披衣去守着听，确定猫头鹰所在的位置。听来听去，确定猫头鹰真是在皂荚树上。

妈喃喃："怎么会呢？怎么会呢……"她的意思是：既然来了吉祥的喜鹊，怎么又会来不祥的猫头鹰呢？她计较这个，因为她相信这棵树与她的儿子在冥冥中是有联系的。

第二天晚上，猫头鹰怪诞的笑声再次滚动在屋顶上。我说："不要紧，我们明天买个大炮仗，砰啪！保证吓得猫头鹰再不敢来。"妈连说不可以。我猜她是怕把喜鹊也吓跑了，可我妈说不是。那么怕的啥呀？我妈不让我再问，说小孩子不懂，别乱说话。

没办法，没法为母亲分忧，我只好继续睡觉。

就这样，那些日子，这吉凶未卜的老树可把我妈折腾苦了。我不在乎，仔细听，猫头鹰的叫声其实也挺有劲的。有母亲在，做儿子是可以轻松无忧的，是可以不顾一切的。

那一年我可能是十四岁，记不准了。

老树在我出生那年结出过十四枚皂荚，此后再也没结过皂荚。对于我的童年和少年来说，不结荚的老树给予我的已经相当丰富了。

一头有名字的羊

小时候，我养过一头羊。对一个集镇上的孩子来说，这多少有点特别。

小山羊是从集市上花一元钱买的，纯粹是少年人的一时冲动。当时，只是觉得那头雪白的小羊太可爱了。妈用奇怪的眼神看了我一会儿，说："你把它当玩具了？"我说我会养大它。我以为养活一头羊很容易，不就是给点草吗？妈含意不明地笑一笑，不再说什么，去柴房里整理出一个"羊圈"来——不过是在墙角摊开一些柴草而已。

入夜，乍离母羊的小家伙哭喊不止，一声比一声恐慌与孤苦。我一次次去抚慰，给它吃的，却一点效果也没有。我家虽处于"市镇尾巴",四邻还是靠得近的,小羊这么闹下去太对不起邻居了。怎么办呢?

办法还是有的,有点损,却灵,小羊不久就安安静静地睡着了。想不到小羊是挺喜欢喝酒酿汁的。

圈养一段时间之后,我开始把羊放到野外去。羊是有权生活在蓝蓝的天空下、青青的草地上的。每天早晨上学之前,我就把小羊牵到镇外有草的河滩、田角去。当然,这里不是大草原,羊是被一根绳子和一个桩子约束着的。

一个星期之后,羊病了,一天比一天瘦弱,原来白得抢眼的毛也失去了光泽,主要的症状是拉稀。镇上的人都不懂这个,我就想到了去请教荣小弟。荣小弟是我的同学,家在乡下,而且家里也养着羊。记得他说过他有一个"撒黑豆"的绝招,能在羊走路时用一个手法让羊拉屎。羊的屎是粒状的,就像黑豆。

见到羊,荣小弟就问:"你是不是一大早就牵羊出去了?"原来,小羊拉稀是因为吃了"露水草"。十一岁的荣小弟当时的神态犹如一位老到的名医,稍作思考,又说:"快拿些柴草灰来喂它吃。"柴草灰羊肯吃吗?但接下来我却目睹了羊吃灰的奇观。事实上,大多数的动物都具有自我治疗的本能,它们天生知道吃什么能治什么病痛。

荣小弟从此成了我养羊的长期顾问。我还去他家参观了他家养的羊。他们家有一只十分健硕的山羊,是头黑羊,一身黑毛闪烁着崭新枪管才有的那种威严的光泽,神气得不得了。荣小弟说这只黑羊是有名字的，叫黑头。荣小弟说等我的羊长大了就和黑头配种，如果生出一只斑马条纹的小羊的话就妙了……这一天，我给小山羊起了一个名：白雪。

我早晨上学之前不放羊，都是等到午饭之后。后来不忍看到白雪被囚半天之后焦灼苦难的眼神，我有时候会利用两节课之间的十五分钟跑回家去牵羊野放。我们家离学校近，只要用百米赛跑的速度，这么做还是来得及的。对待比较大的动物，少年人有一种天生的平等意识。

和所有的男孩子一样，我不免也有玩昏了头的时候。到天黑了，我才想来羊还拴在野外呢。一拍额头，冲进夜色，不顾一切地在田埂上狂奔。老远就听到白雪在焦急地呼喊："快来！快来……"可等到我跑近，它认出了我时，态度立即变了，客气地叫："慢点，慢点，勿碍勿碍……"临走还叼一根草，表示它对晚归的无所谓。羊这种动物太善良，太宽容，善良宽容得让人不忍心亏待它们。

因为白雪，我和荣小弟成了好朋友。他上学要路经我家门口，每天都会弯进院子来等我一起上学。一进院子，他就直奔柴房去看望白雪，有时还捎来一把马齿苋慰劳白雪。当然，给白雪之前得把草上的露水抹干。

荣小弟家境不好。没有胶鞋，没有雨伞，下雨天他只有斗笠和蓑衣。那时，这种打扮不入时，会引起一些同学的笑话。他赤脚到我家，洗脚穿上布鞋，把斗笠什么的寄在我家，然后和我合打一顶伞到学校去。可惜我那顶伞太小,风大一点,我们就会各湿一个肩头。

到了星期天,我就可以从容地去放羊了。那时的农田很不规整,田埂曲折,河浜盘绕,遍布着小树林子、乱坟岗子和浜兜滩地什么的,放羊就专去这些边边角角的地方。

羊项圈上有一个小巧的"羊疙铎",一丈多长的拴羊绳就扣在这个小铁件上,绳的另一头连着一个结实的木桩子。项圈是麻和布条子混合搓成的,为的是让羊脖子感到柔软些,而"羊疙铎"的作用是避免拴羊绳缠住羊脖子。平时放羊,找到有草的地方把桩子一钉了事,星期天放羊不钉桩子,让羊有较多的自由。如果在小树林里放羊,就得把羊绳盘在两只羊角上,否则,羊一走动,绳子就会缠在树干上。羊是安分知足的动物,似乎还懂得"草色遥看近却无"的道理,只要嘴边有干净的草,它就会心平气和地进食,不会越轨去吃林子外的麦苗、油菜或红花草。红花草就是紫云英,是羊的美食。这时,我当然是爬在树上的,有一些树杈像躺椅一样宜人。高高地倚躺着看蓝天白云,看阳光下斑斓的田野,是一件蛮惬意的事。白雪有时会抬起头来看我一眼,轻轻地叫一声两声。它感到很满足、很幸福。

如果在河滩上放羊,白雪就不愿意让我把羊绳盘在它的角上,总会想办法把绳子蹭下来。羊并不笨,它们明白做一些事的必要性。河浜里长着旺盛的水面作物。白雪偶尔也会走到河边去吃几口水花生、水葫芦什么的,吃几口,就停下来,回头看看我的反应,见我没反应就再吃几口。水生植物一定比陆地上的青草嫩得多，让羊偶尔调调口味也是应该的。草的茎叶里有水分，所以羊是不大喝水的。羊喝起水来很文雅，小心地让粉色的嘴唇触及水面，轻轻蠕动吮吸，始终不发出一点声音。浜兜的水静，有时白雪就看见了自己在水里的倒影。它一定是挺惊讶的，但努力地保持着镇定。它动动左耳朵，动动右耳朵，可能在研究什么问题。

在放羊的时候，我会割一些草带回家晒干，储备起来充作白雪的冬粮。干草的清香是蛮好的，闻着觉得世界挺清洁，自己挺健康，觉得这是太阳的气息，田野的气息，大自然的气息。干草储藏在柴房的小阁棚上，柴房里便飘荡着干草的清香。冬天快到了，这清香使我和白雪感到心里踏实。

白雪长成大羊了，屁股圆圆的，很健壮。看着它，我心里挺充实、挺自信的。它是我一手养大的，瞧，我已经能在这个世界上担负起一份责任了！白雪知道我是它的庇护人，对我特信赖、特亲热。

我想，一个人在童年时代饲养一些家禽家畜，于身心都是有益的。这和豢养宠物是不一样的，因为在你的意识中，这些生灵并非玩物，而是和你一起分担艰辛、分享快乐、和你一起成长的小伙伴。这些小伙伴不是一般的小伙伴，它们的生活依赖着你的筹划和操持，它们的生命依仗着你的庇护和怜惜。当你对另一个生命负担起完全的责任的时候，你的情感会成熟起来，浓烈起来，有分量起来。

次年，白雪怀孕了。俗话说"猫三狗四猪五羊六"，羊的孕期是六个月。

初夏的一个清晨，妈把我唤醒，轻声说："三三，快起来，去柴房看看吧。"看着母亲略带神秘的笑容，我跳了起来，我猜到白雪已经产羔了。我是男孩子，我妈没有在白雪临产时叫醒我。

走近柴房，我放轻了脚步，怕惊扰了白雪母子。我妈已经把羊圈打扫干净，铺上了干净的柴草，还特意犒赏白雪一盆拌着米糠的草料。初为羊母的白雪略有倦态，安详地卧在草铺上，侧首关注着它的两个小宝宝。我走近时，白雪冲我叫了一声，又叫了一声。两声叫是不同的——一声是幸福，一声是哀怨。我想，白雪在分娩的痛苦中一定是想到了我的。

两个雪白的小家伙依偎在妈妈的身边，一个在酣睡，一个在不安分地拱着妈妈的肚子。它们的毛差不多已经干了，却还是显得零乱，像是穿着一件刚从箱子里翻出来的衣裳。

白雪挣扎着站起来，虚弱得有些摇晃。它舔着它那不安分的孩子，哼着。小家伙睁开了眼睛，在妈妈的鼓励下颤颤巍巍地站了起来。它的小鼻子非常精致，它那细长的腿在微微颤抖。好！小家伙第一次站在了天地之间，站在了初夏的晨光里了。

我想，对羊来说，这肯定是一个重要的仪式。我想，白雪一定是在等着我的——它希望我这个朋友见证它儿女的第一次独立。

小家伙试着抬腿走路，没有成功，反跌倒了。白雪没再要求什么，作为仪式，小家伙已经完成了。白雪也没有要求它的另一个孩子站起来，那个酣睡中的小家伙可能先前已经完成仪式了。这两个小家伙接下来要完成的仪式就是它们种族著名的"跪乳"了。和食肉动物不同，食草动物在喂奶时是站着的。这是它们祖先留下来的规矩，它们必须随时做好逃遁的准备。不管怎么说，"跪乳"这个深念母恩的画面是很感人的。

不久，两只小羊就能跟着白雪到野外吃草了。对田野，对草地，它们有与生俱来的亲情，一到野外便欢蹦乱跳快乐万分。反正有妈妈的乳汁，它们不大肯安心吃草，喜欢奔跑追逐，喜欢研究蝴蝶和野花，喜欢浅尝辄止地品味不同的草叶。只有在童年时代，羊才是比较自由的。这种自由自在的日子不多，当一个"羊疙铎"套上脖子时，它们便和自由永远地告别了。

也许天生知道对孩子溺爱的弊端，羊妈妈对儿女并不过分地亲昵。白雪也是这样，我想不起它偏激的护犊事迹。白雪依旧谦卑，依然敬业，它那粉色的嘴巴一直在勤勉地寻觅干净的鲜草。

成人后，我读到一首写羊的小诗：一只小羊死了/牧羊人用羊皮/做了一根羊鞭/羊每次都尽力/躲闪着/羊鞭的驱赶/不是怕自己挨打/是怕/羊鞭疼。我记住了这首小诗，因为读这首诗时，我想起了童年时相识的白雪。

白雪的变化发生在失去儿女之后。白雪的儿女是被我妈卖掉的，要不然，它们就会耽误我的学业了。

对于突然的骨肉分离，白雪并没有直接过激的反应，但我能感受到它在性情上的变化。有一次，我领着它从野外回家，路上遇上了荣小弟。话说荣小弟有一手叫羊"撒黑豆"的绝活，以前在白雪身上也是屡试不爽的，这次又想一试身手。不料，荣小弟只做了一个动作，白雪就变了脸，把头一沉，凶狠地向荣小弟冲了上去。荣小弟见白雪真动了怒，赶紧逃开。白雪不罢休，紧紧追赶，一直追出几百米才气咻咻地停住脚步。还有一次，邻居家的炳元用一小块豆饼逗引白雪，招呼白雪过去领受。白雪走近时，炳元却把手抬起来，就是不让白雪够到。白雪明白这是在戏弄它，转身就走开了。炳元讨个没趣，扔了豆饼坐在椅子上。不料，白雪没有完呢，突然回身向炳元撞去，把猝不及防的炳元连同椅子撞了个大跟斗。

是的，白雪变得沉默，变得忧郁，还有一种陌生的孤傲，完全是一副历经磨难的成人模样了。只是白雪对我从未有过莽撞举动。它认定了我是它终生的朋友、是全心全意庇护它的人。

我明白羊的最终归宿是什么。少小的我，老是思谋着一个使白雪避免被杀的措施，这个问题令人头疼。而荣小弟对这个问题的看法与我大不一样，他认为人养羊付出了许多的辛苦，羊的最后被杀是对人的报答，羊是不能挣钱来报答人的。对这个问题，我和荣小弟最后也没来得及统一。

一个星期一的早晨，荣小弟没来约我上学，到下午，荣小弟的死讯就传到学校。他摇船下湖去卷水草（作猪饲料），不慎落水。他游泳是很棒的，可他正好掉在水草窝里，他的手脚被水草缠住无法得脱……

白雪最后还是被卖了。白雪被人牵走时，我流了泪。白雪比我大度得多，朝我唤了几声，就坦坦荡荡地走了。我的手里只剩下了连着"羊疙铎"的绳子。这里有风俗，卖家畜要留下绳子。

用卖羊的钱，我买了一顶橘红色的布伞。伞够大的，足以掩蔽两个人的肩头，可荣小弟已经不在了。

这是我生平第一次品尝到的生离死别的滋味。

人就是这么慢慢长大的。

独角牛走过老街

小镇南街的尾巴伸进了一个村庄。这个紧傍着小镇的村子名叫湾里桥。在江南,以桥为名的村子不少。

独角牛是金生老汉养的。牛买回来就缺了一只角。据卖主说,缺的那只角是夜里被小贼用锯子生生锯去的,而他就住在牛棚隔壁的厢房里。

金生老汉说:"老兄,莫非你睡成了酒甏?要不怎么会没听到动静呢?"

卖主说:"老话说,人到六十六,睡觉不落惚。只怪这牛一声也没哼。"

大家不相信这个故事,可金生信了,深为这牛非凡的忍耐力所感动。他拍拍独角牛的额，买下了它。

金生老汉是个养牛老手，经历得多，又肯动脑，能治一些牛病。他的一个绝招就是能从牛胃里取出那些不当心吞下去的铁钉、铁丝什么的异物来。他把他的这一招称为"手术"。养牛户请他去"手术"，他挺乐意，不收钱，吃杯酒就可以，但你在说话里得承认这是"手术"。

这种"手术"我见过几次，第一次觉得神秘，后来就只觉得有趣。金生让人把牛固定住了，就一手搔捏牛脖子，另一手慢慢把一根弧状的、涂了菜油的铜管插进牛的喉咙里去；然后把一根软软的篾片通过铜管直插到牛的胃里。篾片的顶端拴着一块磁铁，当篾片拉出来时，那些小铁件就跟了出来。如此几番，"手术"就完成了。在手术过程中，金生一直在和牛说话，喋喋不休，语气非常亲切。牛一般不大挣扎，也许并不太痛苦。但我想换了其他动物怕就不行，它们的忍耐力及不上牛，还缺少对人类的那种完全的信任。牛从小就会认定一个它觉得可以信赖的人，从此会无条件地信赖，信赖一辈子。牛有一种天生的能力，能认定可信赖的人，一般不会错。金生知道这个，所以做手术时一定让牛的主人站在他的身旁。

除了树德堂药店，南街上还有南货店、理发店、豆腐店各一家。中药店和理发店一天到晚都是轻声轻气的，其他几家店基本上只有早市，所以到了午后，南街就显得很安静。对了，南街还有一家小小的铁匠铺，时不时发出叮叮当当的锻打声。可金属声不是人声，冷冷的，反而增加了南街的寂寥气氛。

蓝调江南

湾里村那边遥遥地传过来一声两声的鸡啼,没有报晓的激越,有些慵懒,仿佛是午睡醒来的呵欠。站在南街上往湾里方向望,发现那边的阳光要比这边的灿烂许多。是因为这边有过街廊棚的缘故吧?

记忆中,"皇后娘娘"总是在这种气氛里出现的。她是镇上的一个中年妇人,长得福相,穿戴比较考究,人皆叫她"皇后娘娘"。"皇后娘娘"挽一只扁扁的竹篮子,悠悠地走,是南街的一道风景。她的头发梳得一丝不乱,用刨花水抹过,水水的亮;发髻上插一只碧玉簪,斜斜欲飞的样子;蓝印花布的上衣用上青的缎子滚边,勾画出许多流畅的线条。竹篮里装的是青团子和白团子。青团子含有麦里草的汁,嗅一嗅有阳光和田野的清芬。团子很扁,快成饼了,看上去蛮大,底部扑些防粘白粉,上面盖着红印记,煞是好看。有人问是不是盖的玉玺印,她就笑,说"是"。当然是说笑话。红印是馅子的标记,盖一个印的是赤豆沙,两个印的是糖芝麻,三个印的是黄豆末。她是出来卖团子的,可从不叫卖。她每天这个时辰上街,约定俗成,要吃团子的自会来买。

如果是农闲季节,那么,这时就该金生和他的独角牛出场了。一个魁梧的汉子和一条强健的牛,从湾里那边灿烂的阳光里从容地走过来,街窄,人和牛就显得黑黝黝的很庞大。手里捏着牛鼻绳,可金生并不做引导,而是和牛并肩而行。牛只有右角,金生走在牛的左侧,还背着一只空草篓子,牛角的残缺就不再惹眼。这牛出名的慢性子,金生的眼睛不好,两个走得很慢,像两位有学问的老先生在笃悠悠地散步。

箍桶作坊、铁匠铺、南货店……走过这些店铺，独角牛目不斜视，无动于衷。它对南街熟，见多识广了。走到树德堂中药店门口，独角牛常会小驻一刻，侧过头，稍稍抬起潮湿的鼻子，嗅一嗅，又嗅一嗅。它一直弄不明白，这个幽暗的屋子里何以会泄出如此浓烈的山林和荒野的气息。它一出生就在江南大平原，从没去过山林，可它天生是知道山林气息的。这种能力是它远古的祖先神秘地通过"血脉"传递给它的吧？

金生似乎明白他老伙计的心思，是愿意停下来等一等的，顺便和药店里的先生伙计搭讪几句。金生能为牛动手术，自认为和药店是有些关系的，挺愿意和药店的人说说话。

徐家豆腐店和理发店之间有个过街廊棚。豆腐店下午不开门，有一个卖豆腐花的骆驼担在这里借光做生意。江南人把豆腐脑叫作豆腐花，有时还用一个"唤"字来代称，不知什么出典。卖"唤"的是外地人，和徐家豆腐店一点也没关系的。骆驼担的一头是"作"豆腐花的瓮——当然，瓮外边还套着个木桶用于保温。担子的另一头是一个作台兼柜子。作台上排着不少开口小罐子，分别装着豆腐花的佐料：虾米、肉松、麻油、辣油、紫菜、榨菜末、青蒜末……酱油是主佐料，盛在一只较大的陶罐里，坐在一只红泥小炉子上加温。煮热的酱油很香，小孩子很难在这种诱人的酱香中挪动脚步。

"皇后娘娘"也在这里卖团子。她和徐家豆腐店熟，可以借条凳子出来坐着。徐家有时还托她代卖早市剩下的豆腐干和油片什么的。做豆腐每天都半夜起床，很辛苦的，下午得睡一会儿。

有时，曾舅妈也来这里凑热闹卖酒酿。甜酒酿酿在一口青釉小缸里。缸盖是草编的，外边包了白纱布。方杌上有七八只青花小碟，摆得整齐。揭开缸盖，溢出带着桂花香的酒味。酒酿是雪花一般白，缸中央有个酒窝，里边积满清洌的酒酿露。桂花并不洒在酒酿里，用纱布包着固定在缸盖的反面，所以只闻其香而不见其形。五分钱能买两勺酒酿，一勺酿露——白嫩生生，水洁灵灵的有大半碟子。接着递给你的不是瓷匙，而是匙状的一片水磨竹片，很光滑。

这样，金生和牛经过廊棚时就有点挤了。不能并肩走，金生就跟在牛屁股后。独角牛对这里的气味并不感兴趣，摇着尾巴径直走，不肯停步的。南街的小孩子多半对独角牛很熟，这时就可以摸一摸牛。独角牛正当壮年，皮毛干净，乌黑生光，摸上去暖暖的活活的毛茸茸的，蛮有劲。

金生所以跟在牛后是为了保护牛尾巴，说："小囝，别摸牛尾巴，别摸牛尾巴。"

问他这是为啥，金生说摸尾巴会催牛拉屎，拉了屎是不是你吃啊？其实没这回事，是金生糊弄小孩子的。我和独角牛熟，知道这个。

虽然我是镇上孩子，但因为常和金生的孙子小龙一起玩，和独角牛蛮熟悉的。小时候，我常做遇上牛群的梦，牛一见我就会不怀好意地追赶我,牛角尖得要命,牛鼻绳又不起作用,无限制地延长,惊出我一身汗来。奇怪的是我在白天并不怕牛,牛对我也很有好感,只要我喊一声"宛,宛……",独角牛也肯低下头来,待我踏到它头上,就慢慢抬起头,送我到它的背上去。小龙还能站在牛背上渡很宽的河,连鞋子也不会弄湿。

那时候没有水泵,灌水田全靠人力或牛力。在河边用毛竹和稻草搭个圆亭子似的棚,架上牛车盘,就是牛车棚了。把牛的眼睛蒙上,喝一声:"走!"牛就拉着车盘转圈。环形的路是永远也走不完的。车盘吱吱嘎嘎地带动水车,河水就汩汩地流进田里。

有一天大清早,天还没有亮透,金生老汉叫小龙到车棚去看车。小龙躺在车盘沿上,不一会儿就在吱吱的声音里睡着了。十一二岁,还是睡觉不知颠倒的年龄呢!小龙在睡梦中翻身跌下水车,以为还在床上呢,哼一声,照样睡他的回笼觉。不知道,他正好横躺在环形牛道上,蒙着眼睛的独角牛正向他一步步走过来呢!

幸好金生给独角牛蒙眼的是两片乌龟壳,牛能看见脚下的一小块地方。走到小龙身边,独角牛站住了。一会儿,金生老汉来了。牛车棚里黑洞洞的,他没看见地上的孙子,以为牛站着在偷懒,便喝了一声;见牛还不走,就在牛屁股上拍一掌,还骂了一句粗话。大旱的天,水车不能停的!独角牛小心翼翼地跨出步子,一脚踩在小龙两腿间隙,一脚踩在小龙的耳朵边,总算避过小龙走过去了。转一圈,牛又站住了。车棚里黑咕隆咚的,很危险。这下把金生惹火了,折了一根树枝来抽牛屁股。独角牛又艰难地跨进去……直到小龙打了一个喷嚏,老汉才发现了危险的情况。金生抱起孙子本能地逃出老远,脸都白了。金生把牛卸下来,让它到河里痛痛快快地泡了个澡,作为奖赏,也表示内疚。

金生从此对独角牛更好了,端午节裹了粽子,必定先让独角牛吃了再让小龙吃。西风未起,金生就编起许多草帘子,把牛棚弄得密不透风,干干爽爽,走进去就是一阵干草和新柴的清香味。

可是不久后,独角牛挑瞎了金生老汉的一只眼睛!那天,金生给牛清理肩头的一个小疮,独角牛本能地一转脖子,弯弯的角正好扎进了主人的眼睛。

金生老汉的儿子阿坤恨死牛了,抡起树棍把牛毒打一顿,还不解气,把牛缚在村头榆树上,找根钢锯来要锯那只可恶的独角。小龙把这情况飞报爷爷,老汉慌忙从医院赶回来制止。他喘着,喊:"住手!别锯!"阿坤哪肯轻饶了牛,坚持要锯,眼睛都恨得红了。金生还不习惯用一只眼睛看东西,抓空了几下才夺下了儿子手里的锯,喊道:"混账东西,你就忘了牛车棚里的事啦!它救过你儿子的命哩!它不是有意挑我的……怕是我命里注定要瞎一只眼吧。"他的最后一句话讲得很轻,颤颤的,颤颤的。

阿坤丢下锯子跑了。牛角上已经留下了一道锯印。听人说,独角牛后来流泪了。这一幕我没亲眼见,当时我和小龙忙着扶金生回医院去。听说只有在临宰杀之前牛才会流泪,独角牛是不是以为要杀它了?

金生失去了一只眼,另一只眼也受到连累,视力很弱,连走路都有些困难了,可他还是养着独角牛,还是像从前那般对牛好……

从此,看到金生和独角牛并肩走在南街上,知情的人的心里就会有一种说不清楚的滋味。这头独角牛啊,这个老头啊!

有时候,金生在走过过街廊棚时,会在"皇后娘娘"那里拿一个青团子走。因为他总是拿青团子,就有人猜想他是为独角牛拿的。青团子有青草的味,牛大概会喜欢吃。还有人说曾经亲眼看见金生和独角牛在分吃青团子。就他们两个的关系来看,这都是可能的。

金生和牛走过环洞桥时,我总有点担心,怕石桥承担不起这么大的重量。金生是个魁梧汉子,年轻时还很英俊,听说他与"皇后娘娘"有过一段相互爱慕的情感经历。还有人说,金生所以天天舍近求远地领着牛穿过小镇去放青,就是想看一眼"皇后娘娘"……

小镇故事多,一不小心就能听到一大串,真的假的全有,连大人也弄不大明白,就不要说我们小孩子了。

我知道金生所以要穿过小镇是因为要去"西台地"。过了桥,向西走完西街,就到了"西台地"。那是一大片荒地,草多,而且还有成片牛喜欢吃的牛筋草和野草头。

有一天,牛在石桥顶上翘起尾巴痛快淋漓地拉了一堆屎。这堆巨大的牛屎简直把镇上人惊呆了。金生把牛骂了一通,又央我:

蓝调江南

"三官，我眼睛不便，走不快，托你去叫我孙子来，把牛屎弄回去，可以不？"

当然可以的，我一溜烟找他孙子去了。当我领着小龙回来时，见有一帮子人在桥顶上嘻嘻哈哈地乐。

原来，不知是谁在牛屎上插了一朵鲜艳的月季花，使"一朵鲜花插在牛粪上"这个俗语形象了一回。不知为什么，人一看见这个就会笑，忍也忍不住。

这件事，曾在东园茶馆和西园茶馆津津有味地传说了好几天呢。

想念燕子

　　黑色是最沉重的颜色，可燕子偏偏选择了黑色，而且把黑色演绎成一种极端的轻灵。当展开双翼，燕子就成了一把名牌剪刀，精致、锋利，闪耀着钢铁的光芒。

　　燕子是人类最熟悉的候鸟，一年中有一半时间在北方，一半时间在南方。那么燕子的故乡是在北方还是在南方呢？这是我小时候就提出的问题，至今无人回答。

　　我曾猜想燕子是一些旅游迷，每年都要游历北方和南方之间的千山万水。也曾猜想燕子是完美主义者，总想兼得北方的俊朗和南方的旖旎。因为不肯放弃，或者因为犹豫不决，它们只能这样年复一年地颠沛流离。还曾猜想燕子都是孝子贤孙，纵然飞回北方并无必要，它们还是谨遵祖训，居无定所，迁徙不止……

燕子的迁徙一定是有原因的，只是我们尚未了解或者难于理解罢了。

燕子是和人类最亲近的鸟类。古往今来，中国有无数个女孩子被亲昵地称为"小燕子"。最有名的是汉成帝的皇后赵飞燕，她与唐明皇的贵妃杨玉环联合组成了"燕瘦环肥"的成语。古往今来，有无数的诗人把燕子写进了诗作。最有名的是刘禹锡的《乌衣巷》："朱雀桥边野草花，乌衣巷口夕阳斜。旧时王谢堂前燕，飞入寻常百姓家。"王家和谢家是名门望族，其厅堂定是高敞华丽，但燕子是不在乎这个的，它们喜欢的只是世俗的生活，在乎的只是环境是否宁静平和。燕窝因此成为善良和安宁的标志。

燕子和人类住在同一个屋顶下，放心地把窝筑在檐梁或者二梁、三梁上。檐梁还是在屋外，二梁和三梁就在屋里了。住在屋里的燕子俨然是这个家庭正式的成员了。燕子并不为人做什么事，它们要忙自己的事。燕子很勤快，每天一大早就要出门觅食，所以它们不会选择在常常关门闭户的慵懒人家中筑窝。燕窝因此成为勤勉兴旺的证明。

厅堂有燕子的呢喃，门前有燕子织来织去的身姿，这个家庭就感到吉祥，感到光荣，就觉得家庭生活有了一种朴素的诗意。

农家孩子尽可以上树掏鸟窝，上房逮麻雀，但绝不敢对燕子有非分之想。"打燕子，烂眼珠。掏燕窝，遭雷诛"的童谣就像可怕的咒语，从小就统摄了每一个孩子的灵魂。

有一次，语文老师在课堂上说："请家里有燕子窝的同学举手。"不少同学举起了手。老师说："下个星期，我们要写一篇关于燕子的作文，请同学们仔细观察燕子。家里没有燕子窝的可以到有燕子窝的邻居家去观察。"

我家没有燕子窝，我觉得很惭愧。

每年春天，我就等待着有燕子到我家做窝，可燕子就是不理睬，甚至不肯来勘察一下。我曾经爬到邻家的二梁上探看过燕子窝，刚巧被燕子撞见，它们吐掉喙间的食物向我大声抗议。我疑心这便是燕子不肯来我家做窝的原因，它们记住了我的脸，并且把我的不端行为在种族中做了广而告之。现在想来，燕子不肯来我家"驻跸"的原因其实很简单——我们家的大门是向北开的，不符合"向阳人家"的条件。

少小时，我盼望燕子到我家里做窝的原因要实在得多——就是想确认我们家里有没有蛇的埋伏。曾舅妈说过，没有燕窝的人家是可能潜伏着"家龙"的。所谓"家龙"，就是蛇了。对一个孩子来说，可能住着蛇的房子是多么可怕啊！

曾舅妈家当然是有燕子窝的。每年燕子归来时节，江南的农家正在做秧地，田野里到处是烂泥，正好为燕子提供了筑巢的材料。这时节，曾舅妈总是坐在家门口戴着老花眼镜慢慢地做针线活。燕子"叽叽"地进门，"叽叽"地出门，曾舅妈就说："看看，人家多有规矩啊，出出进进都是打招呼的。"听到燕子打招呼，曾舅妈就应答："回来啦？""又出去啊？"

蓝调江南

有人家怕雏燕往下拉屎,在燕窝下面吊一个小纸盒子承接。曾舅妈不吊这个,说那样就见外了。有一次,小燕子不小心从窝里跌落下来,因为没有承接的盒子就一下子跌到了地上。出于飞翔的天性,坠落的小燕子并未受伤,只是没法回到窝里去了。曾舅妈不在家,她家的猫就在叽叽叫的小燕子身旁耐心地守护着,防备路过的野狗进来吓着了小燕子。可能是受了人类的影响,猫一般是不会侵害燕子的。猫擅长爬树,但它们不大会去骚扰窝里的鸟。有时候看见猫跳来跳去抓麻雀,那多半是闹着玩。

曾舅妈家的门框上留着一道巴掌宽的缝,是专门为燕子留的通道。可只要门开着,燕子是不肯走那道缝的,贴着人的耳朵"嗖"地掠过,接着站在窝沿上把脑袋歪来歪去地逗人玩,还叫着:"叽叽叽,叽叽叽……"

山歌唱道:"成家立业勿轻易,燕子筑窝一口口泥。"江南人常常用燕子筑巢来比兴成家立业的艰辛。燕子筑巢确实很辛苦,但它们满怀创业的激情,忙碌得很快乐。每年春天返回时,它们总想找到旧窝,不是怕辛苦,而是因为恋旧。它们一般总能找得到旧窝,主人是不会把燕窝弄坏的。重回旧居,燕子也要忙碌一番,进行内部装修,彻底更换巢中的衬垫物。

似曾相识燕归来。看到归来的燕子,年长的人就有点淡淡的惆怅——去年的燕子回来了,去年的春天却不会再回来。这是对时光的惊惧。

筑好巢之后是短短的蜜月。不久,雏燕就出壳了,亲燕又忙碌起来，不停地给孩子们喂食。听到父母归来的翼动声，小燕子便努力地张开镶着黄边的大嘴讨食吃，发出细声细气的啾啾声。它们的嘴巴张得太大，大到了与身体不相称的程度，看上去馋得要命，滑稽得要命。小燕子们平时倒是挺文静的，它们知道是寄住在别人家里，应该做一个好房客。

曾舅妈寂寞的时候会朝着燕窝唤："燕儿燕儿，叽叽叽叽……"

小燕子们一齐把小脑袋探出来回应："叽叽叽叽叽，叽叽叽叽叽，叽叽叽，叽叽叽……"

曾舅妈向我们翻译小燕子的话："不借你家盐，只借你家檐，不借盐，只借檐……"

有一个白发老奶奶在乡下住，和燕子相处了几十年。老奶奶太老了，就让儿子接到城里去住。出卖乡下房子时，老奶奶对买主说："有燕子窝的那根梁我不卖，我已经送给燕子了。"买房子的黑头发小伙子说："奶奶，我明白了。"从此后，住在城里的白发老奶奶每年能收到黑头发小伙子的三封信。第一封信告诉老奶奶：燕子回来了。第二封信告诉老奶奶：新燕出壳了。第三封信告诉老奶奶：燕子南飞了。几十年过去，黑头发的小伙子成了白头发的老爷爷。在卖房子时，白头发老爷爷对买主说："有燕子窝的那根梁我不卖，我已经送经燕子了。"买房子的黑头发小姑娘说："老爷爷，我明白了。"从此，住在城里的白头发老爷爷每年能收到三封信……

蓝调江南

这是我读到的最美的儿童故事之一。我找不到这个故事的原文，但我常常给孩子们讲这个温暖的故事。

曾舅妈到很老的时候头发也没有白，但我总觉得故事里的白发老奶奶就是曾舅妈。江南农家女人的心肠都是这样善良，这样美好的。

"小燕子，穿花衣，年年春天来这里……"

燕子是讨厌车马喧嚣的城市的，它们不肯进城。我在城里住，已经很久很久没见到燕子了。事实上，现在在乡下也是很难看到身为"天命玄鸟"的燕子了。没有了轻盈快乐的燕子，乡下的春天会沉闷许多的吧？

在城里想念燕子时，忽然读到一条来自日本鹿儿县的新闻：一家大宾馆的经理发现一对燕子竟然学会了打开电子感应玻璃门的本领（只要在玻璃门前停留一会儿）。经理下令：全体员工不得干扰并关注这对聪明的燕子。这对燕子就在最现代最豪华的大厅里筑了一个最原始最简陋的燕子窝，成为这家宾馆的独特景观。

如果这不是一条假新闻，那么就可以说明：有些燕子正在努力地迁就人类新的生活方式。我相信，燕子也是舍不得和我们人类分别的。

海棠依旧

那时候,我们镇上有两家糖果店。两家都来自丹阳,丹阳人有做糕饼糖果生意的传统。

只说庆香斋。

这个店名挺喜气的,有糖果店的特色,还有一点雅。老板姓朱,大家都叫他朱老板。朱老板不喜欢说话,脾气好,总是在默默地笑,笑得很谦和。那时的糖果店大多是前店后坊的夫妻老婆店,庆香斋也是。前店后坊有好处。制作中的糕饼糖果香得不得了,这种香味浩浩荡荡涌进店堂,又从店堂一波一波地涌出店门,直叫路过的小孩子聚集在此。庆香斋地段好,身处小镇最热闹的地段,正好扼守在我上学的必经之地,很是要命。

庆香斋的招牌产品是一种饼干，叫"百庆香"，可小镇上的人自说自话改叫"夜来香"。上海滩上流行过一首叫《夜来香》的歌，金嗓子周璇唱过。周璇是常熟人，常熟人很在意她的歌。"夜来香"饼干以十二块为单位，用印有"庆香斋"的纸包成有棱有角的一"封"。为什么不是十块，而是十二块呢？大人说，十二就是一"打"。他们不知道"打"是个音译过来的词，说觉得这个量词怪怪的。小孩子平时是买不起"夜来香"的，要到手里有了压岁钱时才能奢侈一回。"夜来香"的香味，我至今还记得的，现在我能说出这种香味的名称了——香草味。

　　我们几个孩子曾经"侦察"过庆香斋的作坊，没想到里头并没什么神秘的，无非是宽阔的大作台和热烘烘的烤炉。真不敢相信在这么简陋的地方能生产出"夜来香"这样精致的东西来。印象中，那饼干是很精致的，用常熟方言来形容就是"一风一水"——意思就是很规范。那时的手艺人就这样，很看重自己的手艺，有一种职业自豪感，是不肯马虎的。

　　庆香斋在早晨供应白印糕。白印糕是一盘一盘现蒸现卖的。木盘一尺见方，里头排着四四方方一十六块糕。每块糕就像一方白玉的印，上面有一个凸起的"庆"字，繁体的"庆"字笔画很多，这糕看上去就很厚实，很合算。"白印糕"的名字就这么来的，名副其实。

　　卖糕人手里拿着一把平口的小铲子，很小心地把糕起出来放在一方油纸上递给你。你托着糕，手掌热烘烘的，不忍心下口，切近地看，目光就透下去，发现这糕是有馅的——是豆沙馅，隐隐地黑着。豆沙里还有几枚晶莹的东西，那是板油。夏天不用赤豆沙，用绿豆沙，雪白之下便是隐隐的绿，更是好看。

农历二月初二，庆香斋有银条糕卖。这天的银条糕临时改称"撑腰糕"，晚辈会买了送给长辈吃。农村人在乎这个，认为吃了"撑腰糕"，这一年的腰板会硬朗有力。九月初九前后数天都有重阳糕卖，但初九这天是正日，糕上要插小纸旗。纸旗是三角形的，各种颜色都有，还在上头剪了看不懂的图案，缤纷地招摇着节日的气氛。时令食品还有好多，春天有酒酿饼和糖糟饼，夏天有番瓜饼和糖豆板，秋天有月饼和茨菇片，冬天有宁波年糕和喜子糖……庆香斋就这样及时地提示并点缀着小镇的四时八节，给小镇的日月增添了许多的滋味。

庆香斋最吸引我的是"油绞绞"，就是北方人说的"麻花"。油绞绞比油条小，炸成金黄的颜色，很结实又很松脆的样子，还撒了些白色的"糖面"，非常诱人。那时，我老是想：有一天自己挣钱了，就一定买一大包"油绞绞"来吃！这是我少年时的雄心壮志之一。

庆香斋面向街道的柜台很宽，台面略微向外倾斜，上面排开一个个正方形的木盒。盒子的盖是玻璃的，可以看见里头的吃局：花生牛轧糖、牛皮糖、牛屎饼、敲扁橄榄、棒棒糖、葱管糖、麻片、弹子糖、粽子糖……庆香斋自制的粽子糖有很多品种：松子的、玫瑰的、拉丝的、夹沙的……我在作坊里"侦察"过粽子糖的制作过程，好看的是最后一道"剪"的工序。那糖坯已搓成手指般粗的长条，师傅就用一把大剪子来铰，一边铰一边转动糖坯子，一剪刀就是一颗粽子糖，每一颗都是一个样子，规范得就像是用模子铸出来的。我至今还记得那咔咔的响声：有节奏，有劲道，很甜蜜。

在小孩子眼里，庆香斋太高档，手头有几分钱，还是去弄堂口的糖摊头吧。

税务弄口就有一个早摊晚收的糖摊头，摊主姓赵。摊头当然是极简陋的，就是在两张高脚凳上铺几块板，然后在板上排开玻璃盖的盒子。

摊上的东西便宜，真的是可以一分钱掰成两半花的。有一种散装的糖块一分钱能买两块。根据形状，大家一致把这种糖称作"乌龟糖"。"乌龟糖"也有花样经，橙色的那种有橘子味，浅绿色的那种有点"凉"，里头有薄荷的成分。小号的牛屎饼也是一分钱两块。牛屎饼本名梅子饼，将梅子、橘皮和枣子打烂后压成型，再在外头粘上一层甘草末，吃起来又酸又甜又鲜，蛮好的。甘草真是好东西，什么拌了什么好吃。最灵光的是"拌梅"。敞口玻璃瓶里用蜜汁浸着翠色的梅子，瓶子旁备有一只碗，里头有一层甘草末。付一分钱，你就有权用手指隔着玻璃选定一颗梅。赵老头用筷子把梅子搛出来放进甘草末碗里摇晃，梅子沾满了甘草末，顷刻间已面目全非。有个小孩贼精，把拌梅舔一舔又迅速将梅子投进甘草末碗里去拌。赵老头要骂人了，"小祖宗"是他最厉害的骂人话。"小祖宗啊，你个小祖宗！"他慨叹着，索性将碗里的甘草末倒在了那个小祖宗的手心里。他怕我们恶心，或许也为了摊头的声誉。赵老头后来就换了一只有盖的茶盏来盛甘草末了。"味之美，酸甜配"，拌梅极脆，一入口，它的无数个饱含酸味的颗粒便炸弹般在你的唇齿间爆裂，你就觉得耳朵后面那个部位一阵哆嗦，脑子因为痛快而产生一种晕眩。你注意过"痛快"这个词不？没注意就去尝一枚拌梅吧。痛感和快感有时是很难分得清楚的。

和"落汤鸡""瘟鸡"一样，"拌梅"是吴地方言中常用作借喻的东西。比如你在泥地里跌了一跤，人就会把你形容成"拌梅"。那时有个叫玉梅的妇人，被人背地里唤作"拌梅"，是调侃她脸上的雀斑太多。

赵老头这儿也有时令吃局，一是酱豆，二是慈姑片。蚕豆干炒，起锅后加进一些甜面酱拌和，顿时酱香十足，样子也很诱人。慈姑切成薄片，油炸，吃时撒一点精盐，味道也好。那时市面上没有精盐可买，得自己用粗盐加工。用粗盐泡成盐水，放进锅里煮到干，锅底便结了一层盐层，起出来研，研到很细就是精盐了。

大人们对酱豆和慈姑片也感兴趣，就叫小孩子拿一角钱去买回家下酒。对摊头来说，一角钱的生意蛮大了，得认真对待。赵老头会包出一个有棱有角的三角包。这种纸是特别备着的，差不多不能重复折叠，拆开了就没法完全复原了，所以小孩子不敢拆开。赵老头用这个绝招防止小孩在半路上揩油，要不然他就会受到委屈了，那些大人会说："这个赵老头，一角钱就买这么一点酱豆啊？"

有一天，石桥埂那一条狭长的空地上忽然搭起来一个小的廊棚。那真是"廊",还是歪斜的,最进深的地方还不足两米。廊棚里摆开了一个糖摊,比赵老头那个还要简陋。摊主不是本地人,泊在岸边的那条有棚船就是他们的家了。大家叫这个摊头为"苏北摊头",叫摊主为"唐老板",叫摊主的儿子为"小三子",其实人家根本不姓唐,男孩也并非排行第三。那时,对外来的谋生者,吴地人有一种莫名其妙的优越感。

这里的吃局比较单一,就是几种自制的梨膏糖,他们主要的生意是现做现卖海棠糕。海棠糕是面食,称"糕"是不对的。面糊是发过酵的,打得很有"劲",看上去弹性十足。平底铁锅其实是一个模子,若干个小圆模集合成一个大圆模,总体看有一点点像开放的海棠花。炉子上的锅热了,就用一个小小的刷子往里刷一点油,然后用一个铁勺子往里灌面糊。每个模子里的面糊只搁浅浅的一点,叫人担心成不了"糕"。原来还要加馅,是豆沙。下豆沙的工具是一片很光滑的竹片。在加入豆沙时顺手把竹片翻一个个儿,便把下面的一部分面糊翻上来糊住了豆沙。又在每个模子里撒一点蜜汁的红绿丝。绿丝是青梅肉,红丝是黄萝卜。做完这两步,模子里的面糊已经把模子"发"满了,还有继续发的欲望。这个平底的锅是有一片生铁锅盖的,这时已经涂上了一层糖油,而且已经预热。锅盖盖上去,把发起来的糕镇压下去,又整个儿把锅翻个身——锅盖倒成了锅底了!就听得锅里滋滋地响,闻到一阵糖油的焦香味儿。锅翻正过来,把锅盖揭开,一"窝"海棠糕就可爱地出世了!淡黄色的、软软的本体顶着一片脆脆的、金红色的"面",看上去非常漂亮,非常诱人。

在整个制作过程中，摊主的手法很熟练，很从容，有一张一弛的节奏，没有一个多余的动作。你就觉得这个制作过程很好玩又很有成就。摊主的儿子也会做海棠糕，操作同样熟练，也有那种迷人的节奏感和从容的神态。你不觉得他在干活，觉得他是在玩，在表演一个拿手的节目。

这个男孩不久就成了我的同班同学，他插班到了我所在的班。他叫薛仁义，这个名字使人想起评话中的大元帅薛仁贵。

薛仁义开始读书晚了，比我们年长好几岁，又是瘦高个儿，在班上就很显眼。有一次去慰问烈军属，有位眼神不济的老太太就把他当成了我们的老师，弄得他很不好意思。他小时候戴过耳环，耳垂上有孔。这让同学们很稀奇。他知道我们稀奇，干脆让我们摸摸，让我们研究研究。他说他小时候还戴过银项圈呢。

除了体育，薛仁义成绩平平，可他能干，热心，所以大家都喜欢他，慢慢就成了我们心目中的大哥。每天上学之前，他还是围着围裙做海棠糕，顾客唤他"小三子"，他也应得很响亮。班上同学去买海棠糕，他会多给一两个。这时他父亲就在旁边纵容他，真诚地劝我们"拿着，拿着"。这样，我们反而不好意思去做成他的生意了。

一个学期之后，我们就小学毕业了。薛仁义没再读书，去望亭发电厂做了学徒工。还没有满师，薛仁义就死了，是被电死的。他的父母还在桥堍的廊棚里做海棠糕，做了好多好多年，后来不见了，不知去了哪里。

蓝调江南

"试问卷帘人,却道海棠依旧。知否知否?应是绿肥红瘦。"李清照的词里没有海棠糕,可读到这首词,我有时就会想起几十年前做海棠糕的那个男孩。

高家竹园

背倚竹林的人家,拥有一窗婆娑的绿荫。经竹园滤过的"穿堂风"总是习习凉快。

按照祖传的规矩,客堂是不可以在后墙开门的,风水先生说那会漏掉财气。高家不理睬这个,偏向屋后开出一扇门,家居的光景顿然改观。走进高家客堂,你就觉得通畅,觉得敞亮,觉得这个家有深度,忍不住就想通过后门走到绿意葱茏、光影斑驳的竹园里去。

接应后门的是一条用青砖竖铺的小径。为了避让一丛天竺,小径微向左弯,然后向右一拐,引人入胜地消失在天竺丛后。

江南的农家不栽毛竹,多栽蔷竹、篾竹或燕竹。这几种竹子长

蓝调江南

成之后高近三丈，胸径有七八厘米，砍下来做晾衣竿最是适宜。一般农家的主屋是三到五间，高家的主屋有七间，屋后的竹园就有了规模。除了篾竹，这里还栽有几丛慈竹，西北角上还有几棵高大的树。高家竹园的篱笆是活篱笆——是一道修剪整齐的荆棘。这种荆棘俗名"狗蕨藜刺"，满身长刺，四季青绿，每天都是欢天喜地的样子。

高家的人个个热情，只要家里有人，客堂的前后门都敞开着。高家的人不在家，你也尽可以通过篱笆的豁口自由出入竹园，没关系。篱笆上的两处豁口是高家人故意留给孩子们的，一年之中只在长笋的时节和麦收稻熟的时节才会临时封闭。竹园和农田只隔一条小田埂，庄稼熟时，高家人怕竹园里的鸡到田里糟蹋庄稼。

夏日，玩得大汗淋漓的时候，我们这帮小孩就会直奔高家竹园。男孩子更喜欢走篱笆豁口，自由。进了竹园，才明白外头的阳光是多么灼烫，西南风是多么的燥热。在这里，灼烫的阳光被重重叠叠的竹叶抵挡，而燥热的风一进竹园立马变得阴凉爽快，妙不可言。抬头往上看，看竹枝儿很优美地参差交错相叠，看竹叶儿驮着阳光在风中快乐地波动。上层的竹叶在阳光中镶着白金的边，透明过半，凝神看，叶脉也是分明的。下层的竹叶显得厚些，绿得浓些，如高贵的翡翠。在不同色调的竹叶的纵横交错中，阳光用劲挤着，漏下来，变成一群光斑。竹在风中晃，光斑蹦跳起来，就像一群快乐的小麻雀。这会儿，你可以想象自己是井底的一只青蛙，可以想象自己是泊在绿藻中的一尾小鱼。这些想象都很清凉噢。

竹园中央有一小片铺得潦草的砖地，有三四个桌面大。说"潦草"是因为不规整，为的是避让竹子。几枝"自说自话"的竹子将这片小小的场地弄得支离破碎。高家的女儿凤儿和她的小姐妹常聚在这里做花边，一人坐一只小竹椅，脚边各放着一只小竹匾。美丽的花边盘踞在小竹匾里，向上爬，趴上她们的膝盖，爬到她们的指尖。

常熟花边远销欧美，声名远播。和常见的刺绣不同，做花边不用绷架，左手捏布，右手走针，称为"雕绣"，是江南女子的一种著名手工艺。心灵手巧的农家姑娘以有"一手好花边"为荣耀。凤儿就有一手好花边，自然成了这一带的"姑娘头"。

姑娘们聚在一起，说个没完，笑个没完，还嫌不热闹，还在竹枝上挂几只蝈蝈笼凑热闹。江南人把蝈蝈唤作"叫哥哥"，因为只有雄性的蝈蝈才有吟唱的生理功能，而且这么叫听着亲热。小竹笼子用篾黄编成，六角形的眼子，馒头那么大，叫馒头笼。黄的竹笼子用一根红的线系着，里头是翡翠般碧绿的昆虫，很是悦目。叫哥哥那么小，要想看出多少精致就能看出多少精致，那触须纤细到若有若无，叫声是金属丝一般的脆亮。传说听了叫哥哥的鸣声能通畅经络，所以江南农家都养着这活物，反正蝈蝈的生活简单，每天给它一枚青毛豆就是了。

姑娘们占据着竹园的中央地带，慈竹丛那一带是几只鸡的领地，男孩子就去竹园的西北角玩。这儿有几棵高大的榉树翠翠地撑着，竹子又密，绿荫稠稠的，有点幽暗。

蓝调江南

竹园里少有杂草，黄泥上积些竹叶，干净而且有点柔软，不由得想坐一坐，躺一躺。向凤儿她们讨一根线或者一根长头发来，再顺手摘两片连蒂的竹叶来打成一个"8"字形，一只"风转转"就做成了。躺在地上看"风转转"无休止地转动，眼睑很快就能发黏，想睡呢。不想睡的，那就看蜘蛛结网。蜘蛛很精明，通得风水，总会把网结在空中的交通要道上；还懂得气象，在闷热潮湿的日子，它们的网就结得低低的。这种日子，昆虫一定是飞得低低的。

蜘蛛一大清早就把网结好了，这时候要看结网，就得破坏它们的网。网是蜘蛛的餐桌，而结网是蜘蛛的谋生手段，它们很在乎，会尽快把网修补好，甚至重新编织。如果它们不来补网，那就要有大风大雨了。

男孩子是一定要看看蜘蛛结网的，那是大自然的一个奇妙事件，对人是一种心理修炼，一种审美启蒙。

和不少男孩子一样，我也曾经"解剖"过几只蜘蛛，目的是想看看它们肚子里丝网的原料是什么样子的。蜘蛛的肚子里不过是一泡灰暗的水，这怎么可能是晶莹剔透的蛛丝的原浆呢？蜘蛛一定是有一个造丝的祖传秘方的，它们宁死不肯泄露。

蜘蛛网完工了，你就和蜘蛛有了同样的心情——急切地等待有一个活物来自投罗网。来一只苍蝇吧，来一只甲虫吧，就是来一只长脚蚊子也好呀。可是，没有。到底没耐心了，就爬起来帮蜘蛛一把。

有一种浑身黑色的小蜻蜓喜欢栖息在竹园阴暗之处，只要你认真搜索，大多能逮到一两只。逮住了，你还得想法把蜻蜓弄到网上去，得小心，别再把网弄坏了。老婆婆们说，这种黑蜻蜓是祝英台所变，听上去有点凄美。姑娘们相信这个，男孩子都不信——不就是黑色的小蜻蜓嘛！

找片竹片弯结成一个椭圆的环，固定在一根长竹竿上，一个"粘网"的骨架就做成了。还有一道工序要做——去反复地把那些蜘蛛网缠绕在竹环上。缠绕好多层蜘蛛网后，这个长柄的粘网才可以派上用场，可以用来粘知了，粘螳螂。除了凄美的"祝英台"，逮住一般的蜻蜓比较难，最好要等到它们"大会餐"的时候。傍晚，快下阵雨了，天气很闷，草丛里的小飞虫活跃起来，那些红蜻蜓、黄蜻蜓闻讯而至，赶来大会餐。那么多的蜻蜓贴近地面盘飞，兴奋得要命。这时候，粘网就大出风头了。

男孩子粘蜻蜓主要不是为喂鸡，而是想和蜻蜓做做游戏。一种玩法是让蜻蜓去"卖柴"——切去蜻蜓的尾巴，插进去一小节柴草，然后放它们飞走。这个游戏有点血腥，不好。那就玩"蜻蜓成亲"——把两只蜻蜓拴在一根尺把长的细线两头，然后放飞，让它们牵着红线入洞房。这个游戏听起来温柔得要命，其实也血腥，两只蜻蜓多半会被树枝什么的挂住，最后饿死。大大咧咧的男孩子浑不知"死亡"为何物，对小动物的生命大不在乎，回头想想真有点残忍。蜻蜓的身体里没长骨头，身体外没长硬甲，并非像蝴蝶那样美得令人不忍加害，又不及刺毛虫那样丑得让人避之不及，就免不了成为男孩子们作弄的对象。

　　竹园东北角的篱笆上攀附着一丛蔷薇花，猜想是"豆娘"们的家园。"豆娘"纤秀极了，轻灵极了，只要慢慢地扇动两对翅膀就能像一团雾似的自由飞舞。谁也不会忍心去欺侮这样的小生灵，"残忍的男孩"也不会，它们太美丽、太弱小了，而且它们还有"豆娘"这样一个楚楚可怜的名字。四五个"豆娘"在篱笆和蔷薇的绿色背景上款款地飞来飞去，飞来飞去，它们小心翼翼，从不越过篱笆的高度。它们并不在觅食，彼此之间并不呼应或者接触，真弄不明白它们这样不知疲倦地飞翔是为了什么。它们一定是有理由的，只是我们不知道。我喜欢看这些小精灵的无主题舞蹈，能静静地坐观好久。我这么写出来，自己也觉得没什么好看的，但我肯定，当面对这个场面时，你大概也会被莫名其妙地打动，这有点怪。"豆娘"出现的时节是蚕豆结荚的季节，"豆娘"这个名字或许就是这样得来的吧。"豆娘"这个名字真好，比"纺织娘"的名字还要娇美，让人一听就忘不掉。

　　算起来，那时的高叔也近四十岁了，可我们觉得他特别年轻，和我们这帮孩子很能打成一片。有一次，听我们在争论活的竹子里有没有空气的问题，他也参加进来，支持我的观点。我的观点是竹子里有空气，要不然，火堆里的竹子怎么会噼啪作响呢？"爆竹"这个词中有个"竹"字，就因为古时候在没有发明炸药时，"爆竹"本就是一节一节的竹子。高叔当场砍下一棵竹子，锯下几截来按到水里做实验。结果如何？我不说，你可以自己去做实验。

来了七八岁的小孩子，高叔就会在一棵竹子上为这个孩子刻上身高，让他和竹子比赛谁长得快，比过了竹子重重有奖噢！高叔挑选的都是当年出土的新竹，这种敷着一层白粉的新竹接下来还会蹿起老高，这孩子怎么能比得上啊！过几个月再测，孩子总是输了。看着孩子急得搔头皮，高叔就开心得不得了，笑啊，笑啊。

中国的竹子有五百多个品种，老竹匠三师认定高家竹园栽的是"篾竹"。篾竹"肉"厚，竹节"缓"，容易开篾。冬天培补新土，春天留笋得当，高家竹园的竹子得到充分的肥力和阳光，长势旺，品质好，篾匠都喜欢用它来做"细作"（精细的器具）。三师说"七分破篾三分编"，强调劈篾的重要。竹分三层，第一层叫篾青，第二层叫黄篾，第三层叫二黄，再往里就是篾黄，韧劲不足，只能当柴坯了。一般只能出三层篾，优质的篾竹在高手那里，不及一毫米的篾青还能再一分为二。三师就是这样的高手。开篾青只用竹刀开个口子，接下来靠手来撕，全靠手上的力度控制得稳。三师的手指粗而短，还有硬茧伤疤，真不敢相信如此粗陋的手能撕出那样薄那样均匀的篾来，编出那样精致光洁的篾席来。

秋天，高家竹园的篱笆上结出果子来了。"狗蒺藜子"很像小橘子，先绿后黄，太酸，不好吃，但弹性极佳，可以当小皮球玩，玩过之后手上整天留有清香，闻着胃口大开，可以多吃下一碗饭。

和麦熟时一样，到了稻熟时节，高家竹园的麻雀突然多了起来。园子大，有高大的树，又紧邻稻田，鬼精灵的麻雀就把高家竹园当作了袭击稻田的"前沿阵地"。

高叔不是竹匠，可他手巧，不但能编馒头笼，还能像模像样地做出灵巧的"踏笼"来。"踏笼"又称"滚笼"，长方形，笼子里放些谷粒作诱饵，挂在树枝上引诱麻雀来上当。踏笼朝上的一面整个是一扇转轴门，门轴装在门的中间，平时保持水平状态，一俟麻雀降落，门打个翻滚，麻雀就落入陷阱。门上有一个小装置，转过之后被卡住，笼中之鸟无法冲出。踏笼的机关有许多种设计，高叔说这一种是他的发明。麻雀死皮赖脸地生活在人类身旁，懂得很多人事，稻草人唬不了它们，唯有囚着同类的踏笼才能使它们稍稍收敛一点。

稻熟时节的麻雀吃得饱，羽毛滋润得像打过蜡，捏在手里如同握着一卷绸缎。别以为麻雀卑微，它们气性大，看重自由，宁死不作奴，你能杀了它们，却不能笼养它们。

用踏笼逮麻雀一半是为轰鸟，一半是为了好玩，真要当回事，那得用鸟网。把一面几十平方米的大网张起来，然后敲锣惊鸟，麻雀慌不择路，一头撞进网去，卡在网眼里进退不得，有时候一网就能卡住几十只，甚至上百只。

麻雀大集会，吵得人心里烦，高叔挂踏笼，还鼓励我们用弹弓，但若是有人要来竹园挂捕雀网，高叔就不允许了。高叔说这么多麻雀来集会，说明这里的风水好，好风水是不可以破坏的。

麻雀大集会不算稀奇，高家竹园真正的奇观是一只老乌龟。那只老龟是高叔在稻田里捉到的。在稻田里捉到龟，一点也不稀奇，稀奇的是这只龟是只畸形的龟——没有前爪。仔细看，前爪是有的，只是太短小，缩在壳里派不上用途，只能算个摆设。这龟行动起来很艰难，可它居然就这样艰难地活了上百年。想到这一点，高叔就很钦佩这只老龟，就把它养在了竹园里，还想办法给它装上了"义肢"——一对小轮子。小轮子是从某个机械上拆下来的，有轴珠，转动挺灵活。老龟心领神会，很快就把轮子的作用发挥了出来。一只架着两个轮子、行动自如的乌龟真是惊人又感人。当你躺在竹园落满竹叶的地上，听到细微的"吱吱"声时，就是那只非凡的老龟出场了。我们给这只老龟起了个名字：马老四。要知道马老四什么意思，你只要知道马老三是什么意思。马老三是谁呢？马老三是个驼背老汉，在镇上推一辆小平板车卖酒酿。马老四见多识广，一点不怕人，你把它托在手掌上，它也懒得把头尾脚爪缩进壳里去。它最怕自己背上粘饭粒儿，它拼命伸长脖子也够不到背上的饭粒，却准会引来老母鸡的一晌争啄。鸡喙雨点般敲在硬壳上，直震得它肚肠发痒。

　　高家竹园篱笆外就是农田。雪天，积雪就把平整的田畈变成了一方方白玉。顽皮的男孩子和顽皮的麻雀们继续玩游戏。在雪压的农田里，用一根竹筷子顶起一只大筛子。一根麻线一头系在筷子上，另一头穿过枸橘李篱笆握在我们手上。

　　麻雀整日游荡，不会储粮，一下雪就惨了，白茫茫一片，何处去觅食呀？它们在空中仓皇飞窜，一眼看见了雪地上的谷子（其实大部分是砻糠），好兴奋，就落到雪地上来取食。它们不会走路，只会跳跃，在雪地上印出清晰的竹叶状脚爪图案。四处张望，没有人，只有谷，只有饥饿——麻雀就这样一跳一跳地被砻糠引到了筛子底下。这时候，得沉住气，麻雀还在做试探——跳到筛子下，立即又跳出来，它们还在疑惑不决，随时准备逃窜。等到它们真正放下心来在筛子下找谷粒吃，等到有更多的麻雀误入陷阱，你就可以拉麻线了。别以为被罩在筛子底下的麻雀就是你的了，它们多半还会在你掀起筛子伸手抓捕时乘机逃掉。逃掉就逃掉吧，没逃走的就只能为男孩子的游戏做牺牲了。

抓一把雪用劲捏，有的变成一坨冰，有的变成一握水。变成冰的雪是干雪，变成水的雪是烂雪。江南的雪大半是烂雪。烂雪栖在竹枝上，积多了能把竹枝压折了，就得及时把雪摇下来。这是我们最喜欢为高叔效劳的事。摇啊，摇啊，竹园的地上也积成一片白了。匍匐在雪下湿润的泥土里的竹鞭，觉得挺温暖的，就纵情地伸展腰肢，就觉得脚下有一条条的生命在萌动，在潜行，而且在一些鞭节上向上萌发。竹鞭不是竹子的根，是根茎，它们会在春天里萌生新芽——那便是笋了。

到了春天，高叔就把篱笆上的缺口封死了，甚至把姑娘们聚着做花边的那一小片砖地也撤掉了，听凭竹鞭任意纵横，听凭竹笋破土而出。

生命的力量有多大，竹鞭的力量就有多大。它们有时会突破墙基进到屋内，在屋子里长起笋来。春笋清新、茁壮、鲜嫩，"日长三寸，夜长一尺"，很快就会长得和老竹子一样的高。这时候，笋就要把褐色的、毛茸茸的笋衣脱掉了。有风的日子，笋衣一片一片地从竹节上掉下来，窸窸地响。听着这声响，猜想竹笋有点痒，有点微微的疼。刚脱壳的新竹绿得嫩，散发出淡淡的青涩味儿，表面有一层极细的白粉，摸一摸，手指会滑腻好久。这是笋的成人礼吧？笋变成竹了，从此再不长高，再不长粗，只会长得更坚实。春天的笋，多像农家的孩子啊！

惊蛰未过，乌龟马老四还在冬眠。如果这只慢性子的百年老龟出现在刚出土的春笋旁边，那该是多有意思的一幅画面啊。

孩子们都等着高家竹园里那一丛蔷薇开出花来，从狗獗藜篱笆上欢天喜地漫出来。这种开起来一嘟噜一嘟噜的花还有一个亲切的俗名——十姐妹。

每当蔷薇花一嘟噜一嘟噜开放时，高家竹园又会向孩子们开放了。

朱家坟

旧时，小镇在过节时会搭建几个过街牌楼营造节日气氛。牌楼是临时的，很简易，就是用竹子扎成三个长框架，然后拼成一个门的样子。"门"楣上嵌四块菱形红纸，上面写"庆祝国庆""欢度元旦"什么的。门边上的红纸就写上时尚的标语。竹架子上要扎上"松头柏枝"，再缀以彩色绉纹纸做的花朵和蝴蝶，一个喜气洋洋的牌楼就成了。

搭这种牌楼几乎不用花钱。竹子是高家竹园免费提供的，"松头柏枝"去朱家坟弄来就是。

朱家坟在镇南，不远，大约有三四个篮球场那么大，被一条小河搂抱着，成为一个小小的半岛的样子。半岛中央有几个坟堆，被一个C形的土埂拥护着，朝西方向有个豁口。我们把这道土埂呼作"坟罗圈"，大人们唤作"罗城"。坟罗圈上外还围着一圈荆棘，是枸橘李棘子，秋天结出的枸橘李子可以当小皮球玩，玩完了手上的清香能保留小半天。

坟罗圈内没有树，只有茅草。春风一吹，茅草绿绿的，很快就孕了嫩嫩的苞。这个嫩嫩的苞就是茅针，拔出来，放在嘴里嚼，唇齿间有一种肉肉的滑，舌尖上有鲜洁的甘甜。过了清明，茅针就老了，连羊也不愿吃了。到了秋天，茅草整个成了柴了——茅柴。坟圈内茅草盛，可以席地坐卧，是我们听皮子说书的地方。皮子爱听评话，晚上千方百计混进书场去听书，有机会就来朱家坟学说给我们听。他喜欢有人认真地听他说书。朱家坟的坟堆前没立墓碑，只平放着一方充作祭台的石板。皮子说书的时候就坐在这小小的祭台上，腰板挺挺的，尽力模仿评话演员的架势。

茅草地是天然的床，可以仰躺着看天上的云来云去。可这儿不一样，想到你和坟里的死人并排躺着，心里直腻歪，赶紧坐起来。敢于在这儿摆开大字敞睡的只有大块子。他是朱姓家族的，认定老祖宗会保佑他。当然，他临睡时不会忘记先用尿划个圈——这是防蛇和蜈蚣的。都说蛇和蜈蚣怕尿味。

常到朱家坟玩的是大块子、皮子、小南通、小泥狗、小咪，还有我——三官。一看这花名册，你就知道这是一支顽皮部队的杂牌军。

朱家坟真正好玩的是坟茔四周的树林子。江南人烟稠密，朱家坟这样的树林已是很上规模了。

上边说过"松头柏枝",其实朱家坟没有松树,只有柏树,集中在坟罗圈的附近。柏树是长得很慢的,那么高的柏树一定很古老了。柏树一味地绿,只是冬季时绿得有点暗;结出的柏子是黄褐色的,不能吃。柏树给人的印象就是那种不苟言笑的老头,太严肃,太沉闷,不好玩。我们不爬柏树,认定柏树是反对我们攀爬的。我们有时会踮起脚尖,小心地摘一点扁扁的柏叶来闻。柏树的叶子有一种淡淡的、沉着的青涩味。味道会留在手指上很久,闻着,觉得这是能使人健康的香味。后来知道,柏树的叶和子果然是可以入药的,对心脏有好处。有一种用古方合的丸药名叫柏子养心丸。

一对乌鸦好像看出名堂来了,在柏树梢上筑了巢,黑森森的就像一个微型古堡。有了这个乌鸦窝,柏树就更加严肃了。我们不会去掏乌鸦窝,那是会倒霉的。我们这么想,乌鸦挺高兴,在柏树梢上呀呀呀地叫,在树林里一波一波地飞来飞去。乌鸦在树林间漫不经心地游弋,能在快速飞行中突然升降拐弯,飞行特技堪称精彩,可惜看上去总有点鬼鬼祟祟的样子。

乌鸦的营巢和活动都是明目张胆、大张旗鼓的。如此张扬是故意的,因为它们真正的家并不是这个简陋的窝。它们在白天造成"这就是我的家"的假象,黄昏时才借着暮色掩护悄悄飞去真正的家。

给我们讲乌鸦秘密的是小咪。这个小眼睛的男孩是捉蛇老五的儿子,比我们这帮男孩稍大几岁,辍学几年了,跟着他父亲捉蛇、

"牵鸟"、逮黄鼠狼，喜欢在我们面前卖弄他的野外知识。他崇拜他父亲，讲的故事都是他父亲和蛇的传奇，最惊险的是他父亲和他合力逮一条两头蛇的惊险故事。世上真有两个头的蛇吗？天晓得。

小咪一到朱家坟，总直奔那棵有乌鸦窝的老柏树。那老树根部有洞，小咪认定是一条老蛇的洞穴。他仔细考察树洞，张着鼻翼嗅来嗅去的，说："有金墨味呢。"谁都不知道"金墨味"是什么味，就他能闻得出。这家伙就是喜欢把自己弄得神秘兮兮的，好让我们重视他。

大块子和皮子胆子大，小咪不在的时候就往那树洞里射尿，所以小咪嗅着说有"金墨味"时，我们就会笑得在地上打滚——什么金墨味啊，还不是大块子和皮子的尿臊味啊！

我们真正佩服小咪的是他模仿鸟叫的本领，他口技堪称一绝呢。

黄鹂这样叫：瞿噢，瞿噢……

斑鸠这样叫：咕——咕咕……

画眉鸣叫最像人话：即格，哪里，即格，哪里……

小咪爬在树上学鸟叫，还真能引来些鸟儿和它对唱。那些滴溜溜的鸣叫雨点般地从树上洒下来，能把人听得尾骨那儿麻酥酥的。

河边有不少杨树，也老了，树干苍黑龟裂，又大多是弯腰驼背的，最适宜我们攀爬。爬这种糙皮的树不用脱鞋子，手脚并用，噌噌地就上去了。我们骑在高高的枝丫上放眼四望，哇哇乱叫，宣泄一种莫名的快乐；站起来哗哗地撒尿，体会一种因为放肆而生出的绿林豪气。

蝉也喜欢杨树，一到夏天就整日价在树上鸣叫，仿佛它们是树的发言人，抑或它们就是树的喉咙呢。有蝉唱的时日，杨树就不宜爬了，因为树上有了刺毛虫。这种浑身彩毛的小爬虫很恶毒，你不惹它，它还惹你呢——它们把看不见的毒毛毛放飞在空气中，来个"飞毛蜇人"。有一种叫"扁毒"的毛毛虫更阴险，身体极小，扁扁的，和树叶一个颜色，很难被发现，不小心触到，疼得你冒汗，隔两天还肿着。

蝉还是要捕的，不能上树就用长竹竿缠上蛛网去粘。听说把蝉腌过后油炸了能吃，但江南人是不肯吃蝉的，逮蝉只是当小喇叭玩——手作握方向盘状，走到人前一按蝉的肚板，"喇叭"尖叫，吓人一跳，好玩。有一半的蝉是哑板，没嗓子，那就只能喂鸡了。

还有一个残酷的玩法——把蝉去掉翅膀后扔给蚂蚁去处置。对于小蚂蚁来说，蝉是庞然大物，可蚂蚁们不怕，它们知道团结就是力量的道理。蝉蚁大战的结局总是蚂蚁得胜，遍体鳞伤的蝉被蚂蚁大军挟持而去。旁观蝉蚁大战是蛮有劲的，只是费时间，一不小心几个小时就过去了。

杨树上的毛毛虫到了一定时候就躲进用树叶和丝织成的黑色睡袋，蜕变成皮虫了。一根丝吊着睡袋慢慢往下降落，就成了"吊死鬼"。抓皮虫最容易，手到擒来，拿回家会受到鸡鸭们的热烈欢迎。

除了柏树和杨树，朱家坟里树的种类很多，差不多一棵就是一种。朱家坟是镇上朱家的祖坟。朱家的女主人很随和的，小孩子都叫她朱家好婆。

朱家好婆说，他们祖上在坟上栽过柏树，其他的树都是野生的。野生的树哪里来种呢？朱家好婆说：野生的树是鸟种的——它们吃了树的种子，然后在这里拉了一泡屎，屎里没消化的树种就在这里栽下了。

林子里的树，连朱家好婆也识不了几种。叫不出名，大家就按树的特点杜撰。有一棵叶片肥厚的树，萌生的新枝活像毛笔，就被叫作毛笔树。有一棵细叶片的树会结一种硬壳的果实，硬壳里有几枚暗红色的、湿答答的小果粒。手心没汗毛孔，触着这种小果粒不要紧，如果把这种小果粒塞进衣领子，人准会痒得赶紧把衣裳脱了。大家就把这棵树唤作"保脱衣"——保证脱衣裳。

有一天，"保脱衣"树的旁边出现了一条蛇蜕，让我们好一阵兴奋——哎呀，这树果然厉害，连蛇都痒得脱了皮呢！

小咪听我们这么说，特地捉了一条水蛇来验证。结果证明水蛇对小果粒根本没感觉。蛇蜕皮是为的长大。

"保脱衣"树旁边还有另外一棵不知名的树。这棵树挺拔葱茏、干净俊朗的样子，让人觉得这是一位相貌堂堂的哑巴后生呢。

小南通出场了。

小南通是镇上老榼匠的徒弟，是南通人，听说是个孤儿，是老榼匠的一个远房亲戚介绍给老榼匠的——现在当徒弟，以后当上门女婿。小南通比我们大,大概十七八了,喜欢找我们这帮半大小子玩。他到朱家坟,口袋里常藏着半包大铁桥牌香烟。小泥狗收集香烟壳,知道这是一种最廉价的香烟,七分钱一包。小南通在成年人面前腼腆少语,乖乖的样子,在我们这儿就不同了,嗓门亮亮的,点上一支烟,跷着二郎腿,眯起眼睛用鼻孔喷烟。他是学做船橹的,看树的眼光已经相当专业,拍拍这棵树,指指那棵树,说:"这是好橹坯,蛮好的。"他把做橹这件事说得很高级,有机会就会强调做支好橹的不容易,讲究多着呢。他从不想学这里的方言,满口南通话,不断提醒我们他是南通人,是长江北边的人。他对保脱衣树旁边那棵相貌堂堂的树很欣赏,每次来都会称赞一番:"这是白梓树哎,好橹坯,好得不得了哎。"

原来这是棵白梓树。梓和桑合起来就是"桑梓",是故乡的代称呢。

这棵漂亮的白梓树不久被偷锯掉了,只剩下一个白生生的树桩子。树桩子的断面很平整,说明动锯子的人很专业。我们怀疑这是小南通的作为。他的师傅老橹匠是个坏脾气的老头,看样子就是个自私鬼。

小南通人大力大,我们不敢把他怎么样,只是从此很排斥他。有一回,我们正在"保脱衣"树下玩"蚂蚁拖知了",小南通来了,用燃着的香烟头拦堵蚂蚁玩。这样欺负朱家坟的小蚂蚁不地道!小泥狗气不忿,偷偷摘一粒"保脱衣"籽儿塞在小南通的衣领里。我们赶紧配合,说"保脱衣"籽儿是从树上掉进他衣领的——

一滴水落在油瓶里，巧哉！小南通只能自认倒霉，手忙脚乱地脱了衣裳。

这一脱，叫我们好好见识了一把什么才是男人的胸脯——小南通的胸脯健硕得不得了。我们突然发现小南通是个很英武的男子汉，活脱脱是我们心目中的行者武松或者九纹龙史进一类的英雄人物。这样的人怎么会干盗树的勾当呢？不会不会！可是，他一穿上衣裳，那些疑云又回来了——这家伙挺像盗白梓树的人嘛！

朱家坟是朱家的，白梓树和我们一点没关系的，可我们就是恨死了那个偷树的人。白梓树留下一个白生生的树桩子，叫我们心里空落落的不开心。

镇上豆腐店的老兴常到朱家坟来遛马。到了这个半岛状的树林，老兴就放开缰绳，让马自由活动。老兴和气，倚树坐着，抽烟，听凭我们和马玩。这匹磨豆腐的马大概和老兴一样老了，温和，在磨道上太寂寞，到了这里也挺高兴和我们玩玩的。没鞍蹬，上马有点难，白梓树的树桩子就成了我们的上马桩。老马认得那个树桩，走到那儿就停下来等一等，看有没有人上它的背。

骑着马在树林里颠儿颠儿地小跑，解开衣扣，任树林里清凉的风把衣裳拂动，感觉自己挺神气的。大人把这马唤作"老豆腐"，我们把它唤作"奥力克"。"奥力克"是苏联电影里一匹军马的名字。电影里，"奥力克"的主人常给马吃苹果。苹果挺大的，含在马嘴里有点嫌大，"奥力克"吃苹果的表情很丰富，很幸福。

蓝调江南

坟地是不栽果树的。朱家坟没有果树,只有一棵能开花的树——合欢树。合欢树别名乌绒树,开粉白的花。那花绒绒的,很温柔,看着叫人挺欢愉的,所以古书上有"合欢蠲忿,萱草忘忧"的句子。

初夏,合欢开花,小泥狗就不能来朱家坟玩了,因为他对这种絮状的花过敏,接触了就会发哮喘。偷树贼啊,你要偷就偷乌绒树啊,你就偏偏偷白梓树,小泥狗越想越恨那个偷树贼。

有一回合欢开花时节,皮子偏来朱家坟学说《武十回》。小泥狗弄了个脏兮兮的口罩戴着,冒险来听书。说到《武十回》中的《血溅鸳鸯楼》,小泥狗的哮喘就发作了,惨啊!

秋季,朱家坟更好玩了。

朴树结子了。我们赶紧做"噼啪管"玩。朴树结的子赤豆般大,正好用来做噼啪管的子弹。

黄杨树的叶子老了,摘一片往额头上一戳,发出啪一声脆响,很像嗑瓜子的声响。坐在树下,一片一片地嗑,让耳朵过把嗑瓜子的瘾也蛮好的。

梧桐结的子是真的可以炒了嗑的,可朱家坟没有梧桐树。朱家坟也没有枫树,但有一棵乌桕树。深秋,乌桕树的叶子红了,红得比枫叶还透,还深。在一片深深浅浅的绿叶衬托下,这棵乌桕树灿烂得如同一位上轿的新娘子。红了一整个秋,乌桕树结子了。从乌桕树的种仁里榨出来的油叫青油,抹在农具上可以防锈。种田好手对于农具都很讲究的,对乌桕树都挺在意的,他们走过树林子时会在心里提醒一下自己：呀，这里有棵乌桕树哩！

乌桕树后来被朱家人锯掉了，因为这棵树上吊死了一个人。

那个人是因为政治问题自杀的，围观的人都犹犹豫豫的不敢把死人放下来。那家的孤儿寡妇赶到了，可她们连放下亲人的能力都没有，只能趴在地上号啕。这时候，小南通赶到了！他一点也没犹疑，奔过来就把死人从树上弄了下来，对那对不知怎么办的母女说："领路，领路，我帮你们背他回家。"

小南通的这个举动使我们很感动，一下子完全消除了我们对他偷白梓树的怀疑——这样的人怎么会偷一棵树呢！

果然，几年之后，白梓树失窃之谜破解了——是镇上刻图章的老驼背雇人去偷的树。白梓是刻木质图章最好的材料。

后来，经人介绍，皮子拜了一个评话艺人为师，当了真正的说书人。

后来，小南通做了老橹匠的上门女婿。

后来，老马"奥力克"死了，小镇上从此没有马了。

后来，朱家坟没有了。

干稞巷的秘密

"干稞"是吴地方言,我至今没能确切查到这种植物的学名,可能是"苤"。干稞能长到近两米高,粗看像旱地上的芦苇,叶片深绿,蜡光烁烁,韧,有锋口,轻易就能把人的皮肤割出血口子。风劲时,干稞叶嚯嚯响,使人想起武打片里那些缠腰软剑。干稞的主杆有大拇指那么粗,长到一米光景就不再蹿高,只纵容剑似的叶片向四周张扬。到了秋天,从主杆上长出来最后几片叶子久久地"拳"着,不肯散开——原来里头孕着花呢!深秋,干稞的花突然蹿将出来,在秋风中旗帜似的招摇,酷似芦花。先是白中有点淡淡的黄,慢慢变白,最后变成褐色。抓住花枝用力拔,就能拔出小指粗一根笔直的"竿",足有两尺来长。把花絮去掉,套上一小截削尖的细竹管，就成了一支挺拔的箭。老人们说，古代打仗用的箭，大多就是用"干稞心"制成的。就是说，如果用铁制的箭镞取代小竹管，这便是真正的箭了。

听这么说，男孩子就有点兴奋——哇，这是真正的箭呢！又去找竹片和麻线（最好用胡琴上的老弦）做张弓，就齐了。弯弓搭箭，想来一次百步穿杨。弦响时，箭矢飞蹿，就是射不中目标，连老母鸡也射不中。

干稞不占耕地，长在稍陡的河岸上。在传说中，干稞是许真君的镇蛟之剑，栽在河岸上可以吓退恶蛟。以前，农人以为洪水是恶蛟作歹，许真君是专斩恶蛟的神仙。虞山辛峰亭的石碑上镌有许真君像。碑上的许真君一脸肃杀，手里握着一柄斩蛟之剑，很是威风。

水乡河浜如网，干稞绵延成带，被称为"干稞墩"。

有了"干稞墩"，江南田野就有了野气，就平添许多活力。孩子们喜欢把"干稞墩"叫作"干稞巷"，他们知道看似无法进入的"干稞墩"其实是有曲折迷离的巷道的。连绵成片的"干稞巷"犹如迷宫，在里头玩捉迷藏那才是真正的捉迷藏，刺激。这些秘密巷道的开拓者是黄鼬、猪獾、刺猬之类小型野兽。在江南大平原，别说森林，就是像样的杂树林子也是极少的，这些小型野兽只能化整为零，把巢穴安置在干稞墩深处。连片的干稞是江南唯一人迹罕至之地，恐怕是野兽们最后的栖息地了。老人们说，他们年轻时，江南还有狐狸出没，偶尔能看到狐在深更半夜虔诚拜月——狐其实是在学着人的样子向墓碑叩拜。白天,人去墓地祭祀,狐就在暗中窥视。狐并非单为收集祭品,跟踪、窥视、模仿人的行为是它们祖传的爱好。有一个失眠的病人,看见过一只狐戴着护士的帽子,在医院的走廊里走来走去,是在模仿护士小姐查房呢。人很忌讳动物的模仿,狐就背了个妖邪的坏名声,这是它们首先在江南灭迹的原因。

就机警和诡谲而言,黄鼬堪与狐相比,可它们给人的印象是"仙",不是"妖",因为它们虽然也有盯梢、窥视的爱好,但从不模仿人的行为。在食物充裕时,它们喜欢和人玩一些小小的恶作剧,玩法大多是把物品悄悄搬动位置,让人惊诧莫名。当刚刚挂在房檐下的咸鸡一转眼出现在房间枕头边,人是不会怀疑以吃鸡闻名的黄鼬的,那么这是谁干的呢?人在那里一头雾水,百思不得其解时,黄鼬就在暗处欣赏,开心得直想放个连环响屁。

为表示亲昵,吴地人把猪称作"猪奴奴",把羊叫作"羊妈妈",把狗唤作"狗鲁鲁"。吴地人居然也给了黄鼬一个类似的绰号——"黄鼬鼬"。黄鼬还有一个更出名的绰号:黄鼠狼。这绰号听着凶险,其实也是赞语,称赞它们是老鼠的克星。一位老农民说他年轻时曾在黄鼬洞中掘出几只被咬掉了四足的老鼠,猜想这些老鼠是黄鼬养着备荒的。这事离奇,莫非它们也会想到养家畜?田野里缺乏猎物时,黄鼠狼偶尔也会进村偷只鸡救个饥荒。它们"轻功"了得,跃进院子不费吹灰之力,见鸡就"拜年"。有些鸡一见黄鼠狼就呼天抢地,拍翅奔逃;另一些鸡则两腿发软,神情呆滞,成为"木鸡"。黄鼬精明,咬死报警的鸡弃之不要,跳上"木鸡"的背,叼住鸡脖子当方向盘,用尾巴鞭打鸡屁股,策马而去。它们神出鬼没,来去无踪。黄鼬鼬的生存策略相当成功,除了人,在江南大平原上它们没有克星。它们的机警足可避免与狗对阵。它们不怕狗,狗身体大,没法进入它们的洞穴。蛇是它们的猎物。蛇被黄鼬摇动的大尾巴误导,一分神,就成了黄鼬的小吃。

大人们不鼓励小孩子逮黄鼬,说黄鼬鼬能认人,会报复,还是别惹它们,惹恼了它们,你们家里值钱的东西说不定会被搬到邻居家去。其实,你想侵犯它们也不易。当人去田埂侧面挖个洞置上踩夹,想弄个黄鼬皮换块糖吃时,很可能就有一条黄鼬在暗处窥视着你,等你走开,它衔起一根硬草棍什么的,去踩夹上一触,啪一响,踩夹就失去了功能。它把洞里的死小鸡死小鸟掏出考究一番,看看这钓饵有没有毒。如果认定有毒,它们可能会把毒物转移到谁家的院子里去,让那儿的馋狗懒猫尝尝。

我和黄鼬有一次交手。那天我感冒在家闷睡,冷眼见一只黄茸茸的家伙从我家后窗外探头探脑。我料是黄鼬,便伏在被窝里不动。黄鼬进屋了,检查卫生似的到处转悠,后来就到了厨房。我窃喜,我知道除了后窗,家里所有的门窗都关着,便一跃而起,把后窗关了,切断了这家伙的唯一退路。我家住的是老房子,没有天幔,黄鼬可以在几间屋之间来回穿行,一个人是抓不住它的,就想去叫人来协力捕捉。那家伙一定猜出了我的心思,预想到了我的行动,就在我刚拉开门扇时,就抢先从门缝中突出了困境,几个腾跃就上了屋面，在屋脊那儿故意停留一下，给了我回首一瞥，然后尾巴一划，消失在屋脊那边。这家伙必定在嘲笑我——对付我？你还嫩点！这一次它对我还算比较客气，没使出它祖传的特种武器——连珠臭屁。

猪獾会对农作物构成些危害，体态小一点的狗又能追进它们的洞穴，所以处境不妙，注定会在江南平原上绝迹。在我们小时候，猪獾已经罕见。我们几个孩子曾经率领两条狗对猪獾做过一次围猎。我家的狗名叫海鳖，够凶猛的，但它体形大，没法进猪獾洞。另一条小个子狗又胆小，不敢进洞，在洞口挺着前腿呜呜哀求。猪獾洞是在干稞巷深处的，坚韧的干稞根在泥土里盘根错节，难于开挖。就在洞口点上一堆火，朝火堆撒尿，往洞里灌烟。忙半天，白烟从另外一个洞口冒了出来，这就没戏了。原来猪獾的家有后门，也和人玩地道战。

野鸡的家也在"干稞巷"里。它们的突然惊飞能把人吓一大跳。野鸡无法长距离飞翔，但飞过一条河还是很轻易。这就够了，等你绕道过河，它们早就杳不可寻。公野鸡长得非常漂亮，漂亮得有点妖，有点邪乎，大人对它们的态度有点暧昧，一会儿说看见野鸡是个吉兆，一会儿又说空手逮到野鸡很是不祥，叫人不知如何是好。

农人一般不会认真去追杀野鸡，却会认真地到野鸡起飞的地方查看，看看有没有"鸡孵蕈"。"干稞巷"里的野蕈被认为和野鸡有关，人称"鸡孵蕈"。蕈是菌类植物，只要有菌种，有温湿条件

（例如下阵雨）就能见风疯长。发现"蕈窠"，只要你不采尽，下一回阵雨过后你还能来老地方采蕈，是一注取之不竭的小横财，是一件很开心的事。吴语中常用"寻着蕈窠"来形容人的喜不自禁。

小伙伴中有寻到过蕈窠的，他怀着一个小小的秘密，发着一注小小的财，欢欢喜喜地过了一个暑假。也有在"干稞巷"中捡到过野鸡蛋的，虽是"喜蛋"（已孕有鸡雏的蛋），不能吃，总也给了人一阵子的兴奋。有一段日子，没事我就去"干稞巷"乱窜，说是逮蝈蝈螳螂，其实是想撞一个蕈窠。蝈蝈怕羞，敏感，只闻其声，难见其身，觉察到活物的接近便立即噤声遁形。螳螂很傲，不大避人，顾自在干稞叶上横刀兀立或者高视阔步。干稞叶特有弹性，大肚子螳螂的脚步让叶片有节奏地弹跳。螳螂向叶尖走，觉察到叶片快承受不起了，便乘势跃起，就到了另一张叶片上，身姿端的轻盈潇洒。其他的昆虫，比如甲虫，就无法如螳螂那样准确感受足下叶片的张力，常常被叶片像垒球一样弹将出去。

那天我去了一个很偏僻的"干稞巷"。这个干稞巷面积大，干稞高及两米，钻进"巷"去，就如进了森林，整个儿和外面的世界隔绝了，满耳朵窸窸窣窣的叶片响，满鼻子幽幽的植物清芬。干稞旺盛，很强势，很蛮横，茂盛处少有杂草，走进去觉得脚下挺干净的。走着走着，我突然就看见了一只干枯的脚，一惊，脑子里跳出一个念头：这里有死人！屏息，小心往后退，眼光却不自禁地往前探索。干稞丛深处触目地横陈着一个瘦骨嶙峋全身赤裸的人！我掉头就逃，却听得身后有人在哇哇地叫。

原来是一场虚惊。一个叫"痴云云"的老乞丐在那里等着他换洗的衣裳晾干。他只有一身衣裳,只能赤身露体地躲在干稞丛中等着衣裳干透。

干稞生命力强,无须管理,但干稞巷各有其主,并非野草,打野柴的人不会乱来,乡间有乡间的规矩。干稞花枯了,干稞叶由深绿变成棕黄。农人提着镰刀来收割了,一边割,一边打成草把。干稞的纤维粗壮,有油脂,火力旺而持久,是上好的燃料,五个干稞草把就能煮熟一锅饭呢。老干稞叶更加锋利,有的老农割干稞却不戴手套。他们的手心里有硬茧,而且知道干稞叶的性状,不怕被割了手。

干稞被收割走了,河坡上只剩下密密的干稞茬子,"干稞巷"保守了大半年的秘密暴露无遗。黄鼬一定转移到村子里去了,野鸡、刺猬也不知去了哪里。它们也许就是在江南的旷野里,在惊恐中苦苦地熬日子。到次年初夏"干稞巷"重新长起来时,它们还会回来。

"干稞巷"在江南行将绝迹,随之消失的还有那些仅存的野物。

江南"水八仙"

人们习惯说的"山珍海味",其实应当说"山珍水味"。

江南"水八仙"就是"水味"的代表。别错写成"水八鲜",因为这些蔬菜不只是桌上美味,还是田野里葱茏的美景和馨香的诗意呢。

荸荠、茨菰、菱角、莼菜、水芹、芡实、茭白还有莲藕,随着江南的水波晃动起来,便有了一种楚楚动人的藻荇之美。

荸 荠

江南农家并不认真栽种荸荠,顺手在渠边塘角的浅水里种一点尝尝就够了。和藕一样，荸荠长在河泥里，在田野里能看到的是它们摇动在水面上的茎。荸荠喜欢简约，并不再在茎上长叶片，翠绿的茎就兼当了叶，因此得了个别名：通天草。这名字描写它们从水底河泥奋发向上的形态，很生动，很形象。

初夏，茎端开出来淡褐色的小花，一支支碧玉簪似的，柔韧而清丽，在田野的清风里兴高采烈。

秋天了，农家挖荸荠。挖出的荸荠是沾着烂泥的，在水里晃晃，就现出来油亮的、紫红的本色。说紫红不准，说枣红、栗红也不到位，说深红更泛，逼得人们专门造一个新词：荸荠色。农家要漆家具，和漆匠说：漆荸荠色吧。漆匠就明白了。农家的家具大多漆成了荸荠色。这种颜色喜气，稳重而温暖。

汪曾祺名篇《受戒》中有一段乡村少女小英子挖荸荠的描写：

"赤了脚，在凉浸浸、滑溜溜的泥里踩着——哎，一个硬疙瘩！伸手下去，一个紫红的荸荠！她自己爱干这生活，还拉了明子一起去。她老是故意用自己的光脚去踩明子的脚。"

明子是谁呢？明子是个英俊的小和尚。少男少女踩在河泥里的脚都滑溜得像泥鳅。这一段乡村生活小景，真是滋润极了，美妙极了。

和藕相比，荸荠很小。这么比没道理，可江南人坚持这么比，这一比就让荸荠在吴方言里成了"小"的别称。如果一个庵叫"荸荠庵"，这个庵的规模就一定很小。如果一个人长得小巧，就说：这个人，"小荸荠"一个。

削掉了皮，荸荠现出了白生生的玉体。这般别致，这般动人，这又是一种什么样的白呢？

这个小问题是为归有光削荸荠的小婢女提出来的。归有光当时是太仆寺丞，相当于今天社科院院士。雪白？不是。玉白？不是。瓷白？也不是。小婢女这一问，倒把归院士问住了。归有光没办法了，说：那就叫荸荠白吧。

小小的荸荠就这么俏皮，硬是为自己申请到了两种颜色的冠名。哈！

和雪梨不一样，荸荠绝无酸味，只有甜，又不怎么甜，恰到好处。荸荠脆嫩，不是很脆，不是很嫩，有一点嚼头，但认真一嚼就不会有渣了，只觉得齿颊间甜津津、清凉凉的，仿佛要把人的七窍都疏通了呢。

江南人还是喜欢甜食，有人嫌荸荠甜得淡，就想出了"风干"的办法。很简单，就是把荸荠摊开在小匾子、小筛子里搁在阴凉处。几天之后，荸荠的一部分水分散掉，浓缩了，吃起来就甜了不少。这时，荸荠有了皱纹，看上去有点老相，有点沧桑。南方人把荸荠唤作"马蹄"，也挺形象。江南人把荸荠入菜时也就依了南方人，叫"马蹄"，比如"马蹄鱼片""马蹄虾仁"。

荸荠的味道淡而有味，有一种水凫特别喜欢啄食。这现象引起了李时珍的注意，他的《本草纲目》把这种长在水底的小果子称作"凫茈"。

幼时，我一到深秋气管就会出些小毛病，发炎、咳嗽，不小心受点热就会发烧。我父亲是中医,除了给我服白松糖浆,还让母亲榨白萝卜的汁给我喝,说这能消炎清火。生萝卜汁辛辣、有怪味,比药汤还难喝。母亲体谅我,常以荸荠来取代萝卜汁。

我被暖暖地拥在被窝里。我妈就在床边给我削荸荠,一边削一边说家常话,削好一个就往我嘴里塞一个,说:消炎哉,清火哉……

温馨美好的童年情景就这样和水淋淋、白生生的荸荠一起,清凉地镌刻在我的记忆深处了。

过年的时候,小镇上有小贩专卖削光荸荠,以"串"为单位出售。把荸荠仔细削白了,用一根尺把长的竹签子串起来八个或十个,就成了一个荸荠串。看到北方的冰糖葫芦,年长的江南人会联想到荸荠串,那是水乡江南的特色食品。

小孩子大张旗鼓地举着荸荠串,一边啃,一边玩,开心得不得了,觉得过年真是好。

荸荠串如同一首诗,串起来一段段童年的、甜津津的美好时光。

茨 菰

"茨菰"这两个字看上去挺远古,据我猜想是从《诗经》来的。汪曾祺坚持用"慈姑"来替代。其实,因有"大泽菰蒲"的惯用,这"菰"字传达出的湿地风光别有韵致。

有一次，汪曾祺去老师沈从文家，沈师母炒了一盘茨菰肉片待客。沈从文带头吃了两片茨菰，说："这个好，格比土豆高。"沈从文对什么都讲"格"。

小孩子不讲"格"，不喜欢吃茨菰，嫌那东西有点苦，有点"粉"。其实，茨菰的苦，苦得有分寸，并不刻意张扬，更像是"清雅"的一种极致。这一点，茨菰和百合有一点相像。

茨菰可以入菜肴，典型的是红烧肉烧茨菰。要烧得浓油赤酱，把那一丝苦味推得渺渺远远。

把茨菰切成片油炸，炸成金黄色起锅，撒点盐末，就成了茨菰片。这时，苦味已淡远无踪，吃起来很香，不"粉"了，很脆，特爽，比超市卖的薯片的"格"高许多。那种薯片加了太多的味精，哗众取宠，垃圾一堆。

小时候，我家所在的弄堂口有个茶食摊，摊主姓赵，是我家的邻居。摊虽小，却考究时令食品的经营。春天有撑腰糕，夏天有酱豆和油氽豆板，秋天有糖炒栗子和油炸茨菰片。这些都是让小孩子们兴奋的食品。

江南农家栽茨菰并不认真，一般都在灰潭基上顺便栽一点。旧时，农家每在田旮旯开挖一丈对径、半丈深的坑，用于沤制绿肥，称为"灰潭"。肥料取走后，灰潭被夷平，就是"灰潭基"了。栽在灰潭基的茨菰根扎得深，结的茨菰个儿大，圆整，只是挖起来有点麻烦。

茨菰的球茎上一圈一圈地长些土黄色的细毛，顶芽倒像一根翘翘的辫子。茨菰的球茎不算美,但茎叶绝对是美丽的。特别是在春天,剪刀状的叶片碧碧绿、欣欣然,整天是笑盈盈的样子,在水面上快乐地裁剪着乡野的风雨,裁剪着朝来夕去的光阴。

"有位佳人,在水一方。"长在水边的植物总是有点诗意的。有一首《江南行》写到茨菰:"茨菰叶烂别西湾,莲子花开不见还。妾梦不离江上水,人传郎在凤凰山。"不知那远在凤凰山的郎可曾思念过水边的情人和茨菰。

菱 角

要种菱了。三月,水还凉,不要紧,在细细的菱秧根部拴一小片瓦片,往河塘里扔,扑通扑通,扔完拉倒。半个月后,菱头钻出水面来,过几天就成了一盘一盘的样子,浮在水面上。菱头有根的,扎在水底,不会漂走,随着水波一拱一拱地摇晃。

菱头一天天铺展开,慢慢铺满了水面。水面上的菱头疏密得当,分布大致均匀,它们好像是知道彼此避让的。叶是绿的,梗是红色的。花是细碎的、紫白的,有一种淡雅的香。

男孩子喜欢这样的菱塘,可以钓田鸡。江南人把青蛙唤作田鸡。钓田鸡别像钓鱼那么文静,要不停地让钓钩在水面上弹跳。青蛙把钓饵误当蚱蜢,跃起来一口吞下,就上当了。

采菱是女孩子的事,把菱桶当作小船,一人一只,盘腿坐着,以手作桨,在菱塘里划来划去。所谓菱桶,就是大号的木盆,长圆形。提纲挈领，捉住菱头，提起来，一串菱角就起了水。白的菱不采，还没熟。摘下的菱角就堆在菱桶里。红菱的生硬，更显出女孩子小腿的白嫩，让人生怕尖尖的菱角扎疼了女孩儿呢。

江苏有个民歌叫《采红菱》，邓丽君唱过，水淋淋的，动听。《采红菱》还有一个版本：七月老，八月落，新娶的媳妇摘菱角，舱里菱角没腰窝。挨着个"扁子"还好过，挨着"刺头"扎死我。该死的，光笑不疼我！

这个版本诙谐有趣，充满生活情趣。这样的劳作不仅有物质的收获，还有精神上的享受。

男孩子身体重，菱桶是载不动的。男孩子落得清闲，只在水边听女孩子唱山歌。

大诗人白居易任苏州刺史时，写过一首采菱的诗：菱池如镜净无波，白点花稀青角多。时唱一声《新水调》，漫人道是《采菱歌》。

菱花大多是白色，也有黄的，细眉细眼的。常熟水北门外有片水域，叫菱塘沿，猜想那儿原本是个菱塘。当年柳如是初访钱谦益，就从那儿弃船登岸。当代诗人曹大铁就住在左近，他的书斋就叫菱花馆。

菱角有四角和两角的，红的叫水红菱，绿的叫大青菱，起水时都好看，水淋淋的，艳着呢。有一种两角菱，角很钝，钝到几乎没有了角的形态，光溜溜的，被称作"和尚菱"，或者"馄饨菱"，都很形似。也有把"馄饨"写作"混沌"的，弄得有点玄乎。还有一种青菱个儿特别小，四只角却特别尖长，凶巴巴的，那是野菱。

嫩菱宜生食，齿间爽爽脆脆的，一嚼，都是水了，甜得清洁，有一点点青涩，是真正的水乡滋味。老的菱宜煮食，有栗子的风格，面面的，丰厚。卖菱的人家，煮菱不用铁锅，用铜锅。铜锅煮出来的菱外壳基本不变色，卖相好。野菱肉老，生吃没劲，煮熟了倒比红菱青菱香，只是要小心了——那四只凶凶的角有点麻烦。在古书里，这种野菱不叫菱，叫"芰"。

熟菱不能往饱里吃，不易消化。小时候，大人就说吃熟菱多了能"吃伤"，不好办，要喝乌龟的尿才能解。说把乌龟放在镜面上，它就会拉尿。这种奇怪秘方大概是没有的，是大人用来吓唬小孩子的——乌龟的尿，多恶心啊。

菱入菜肴，与荤与素都能很好配合。任你葱油烹炒，菱肉不变色，白玉似的，亮人眼睛。把菱肉、藕片和鸡头米炒在一起，称"荷塘小炒"，很有江南的风味。

还有一种两角的菱。两只角弯弯的，大，坚实，如水牛角那种盘盘的形状。这种菱个头大，肉质老，秋天一般不采，让它在秋水里老掉脱落，沉入河底，到冬天清塘时再从河泥里挖出来。深绿色的菱此时变得乌黑，黑得有光亮，像上了漆，被叫作老乌菱。老乌菱要蒸着吃。农家在蒸年糕时，顺便把老乌菱蒸熟了，过年时用以招待小孩子。"菱"与"灵"同音，好。大人指望孩子们吃了菱会变得聪明灵巧。

男孩子得了老乌菱，先要玩钩角比赛。将菱角对钩，拉，谁的角先折断就算输了，也就输掉了这只好吃的老乌菱。仔细闻，老乌菱有点河泥味，输掉就输掉吧。

莼　菜

"莼羹鲈脍"是吴地菜肴的代表，"莼鲈之思"也就成了专门用于对江南的思念之辞。

莼菜古称"茆"，属睡莲科水生植物，要去湖边河滩寻觅。莼菜的叶片是盾形的，翡翠一般悦目，冒出水面的茎看上去有些纤柔，顶端开着紫色的、精致的花。

绾起袖子去叶下捞，指尖触到滑溜溜的东西，就是莼菜了。莼菜藏在深闺，起水时总是羞答答地卷着，怕见人、怕见光的样子，油滑如脂，好像一支支碧玉簪。摘一片荷叶包着一捧莼菜走，老是担心"碧玉簪"从荷叶包里滑出来，而口腔里已有了柔滑清香的味道了。

莼菜银鱼羹是江南菜肴中最有特色的上品。做这道菜"勾芡不宜重，莼菜宜过桥"，勾芡只要意思意思，过了就是浆糊了。所谓"过桥"，是将莼菜用温油和精盐熘过之后，单独装盆，与银鱼羹同时上桌，当着吃客的面将碧绿生青的莼菜徐徐滑入银鱼羹内。这样的处理，可以确保莼菜的色泽。

莼菜的味道真的很难描写，不知怎样措辞才好。叶圣陶先生说莼菜的美味是"无味之味"，而我以为莼菜的滋味不是通过味蕾传递的，是舌头上感受到的一种美妙的触觉。

水　芹

旧时，常以"芹献"一词自称送人的礼物。这是个谦辞，形容礼物菲薄如水乡野地随处可见的芹菜。

其实，水芹分明有美人之相，美得青葱，美得淳朴。曹雪芹又在自己的名字中加了一个"雪"字，更是美得冰清玉洁。《吕氏春秋》曰："菜之美者，有云梦之芹。""云梦之芹"是芹菜的别名，读起来如诗如梦。

稍稍摘除一些老叶，让白的茎成为主角，洗净，一枝枝理整，崭崭齐齐成为一束，焯一下，捞起来挤掉一点水，切成一寸左右的段，在盆里码成整齐的一垛，浇上酱油，淋上香油，一个清清白白的冷盘就上了桌。叶片还是翠翠的，茎是更白了的，泼了油，又有深色的酱油衬托，更见活色，整个儿是一碟青翠的江南呢。

水芹如小家碧玉，容颜姣好、文静，是不自知的那种美貌。不自知的美是最自然、最动人的美。说水芹文静是指它的味。下锅之前，人几乎闻不到水芹的气味，出锅了还是闻不出来。入口，先还是尝到了酱和油的味，待咀嚼几下，才能辨出芹的味道和清芬。汪曾祺说过，吃芦蒿的感觉就像是春日里坐在小河边闻到的春水初涨的味道。我看吃水芹的况味略同。

水芹的做法有许多，但好的做法就是这样的冷拌。江南的厨师们觉得这道冷拌菜略显清冷，每会在这一"垛"水芹旁同样整齐地码一行切开的皮蛋。一个皮蛋切成四分或八分，是用绷紧的丝线切勒的。用线勒出的皮蛋光滑，才能与盈盈朗润的水芹相匹配。

水芹一般在冬春蔬菜淡季时应市，就遇上了中国人最看重的春节。水芹与皮蛋的双拼冷盘几乎是年夜饭菜单的必备菜。家常吃冷拌水芹不会郑重其事去拼皮蛋，在我儿时，这道低调的美味提示的就是隆重的家宴。

在最能吃的年纪，我不幸遇上了那个饥荒年代。那时我常会梦到宴会，梦见自己正幸福地面对一桌丰盛的菜肴。那一桌梦中的盛宴，我看得清楚的只有三道菜：一道是红烧肉，一道是一品锅，第三道就是水芹皮蛋双拼盘。这是一个提示，我就此明白了我内心里最钟爱的菜肴是什么了。

芡　实

芡实生于稻田旁池渠边。叶片漂在水面上，先是箭形，渐成盾状，最后呈圆形，蛮大，炫着一种有水光的绿。叶子的背面不光滑，叶脉隆起，是一种浅浅的紫红。芡实的花是蓝紫色的，花托状如鸡头，就此得了个很俗气的诨名：鸡头米。如果是野生的芡实，就被称作"野鸡头"，有些生猛了。京剧《沙家浜》写到了芡实。新四军伤病员坚守芦苇荡，采鸡头米充饥。芦苇荡里的鸡头米当然是野鸡头了。

立秋时节，芡实悄悄地结了果实，样子像石榴，有男人的拳头那么大。果实上密密地长着刺，挺恣意的。剥开来，里头的果实有数十肉粒，裹着淡咖啡色的内衣，再剥，才是白色的"米"，浑圆、晶莹、温润，还娇嫩非常。

当年杨贵妃出浴，"锦袖初起，蟳蜍微露"，把李隆基看得呆了。蟳蜍，天牛白嫩的幼虫，古人以喻女子颈项。李隆基看到的还有妃子的乳房，脱口赞道："软温似新剥鸡头肉。"芡实就此有了一个"贵妃乳"的艳名，真是不幸。《神农本草经》列芡实为"上品"，认为芡实有补中、益气和强志的药用，久服轻身不饥，耐老神仙。苏东坡每天逐一细嚼熟芡实几十粒，称是他发明的强身美容妙方。

鸡头米是时鲜食品，剥出来了，如果不速冻，就得赶紧食用。把水煮沸，加一点冰糖，随即下米，等冒一会儿水泡，立即熄火。熄火要果断，千万不要恋，一恋，鸡头米就嚼不出美妙的汁来了。清水煮是鸡头米最好的吃法，不要放桂花，一放桂花，鸡头米的本色就被掩蔽，可惜了。要用小小的青瓷来盛，薄胎瓷更好。煮熟的鸡头米像出嫁的新娘，娇羞地沉在碗底，浸着它们的清汤似乎有一点绿意，不知哪里来的，闻一闻，隐隐的一种清香。捞一小匙入口，单觉得满口的温软和圆活，一不小心就让米粒儿滑入了喉头。

清人查慎行有写芡实的名句，云："芡盘每忆家乡味，忽有珠玑入我喉。"写得妙。

茭 白

春风一吹，岸芷汀兰，塘角渠边的浅水里会蹿出些浅绿的、纤纤的叶芽来。不是芦苇，是茭白。

不成片的茭白是野茭白，没人管的，放牛的孩子听任牛伸出舌头去卷。牛爱吃嫩茭白叶。羊是"苦嘴"，啃草连根扯。牛是"甜嘴"，只捋叶片吃，不影响茭白的继续生长。

有时，牛吃着茭白叶，放牛的孩子会意外地发现茭白丛里的野鸭窝——哈哈！把蛋握在手心里，骑着牛一摇一晃地哼着小调回家——这一份从田野得来的惬意，真的难与君说。

成片成行的茭白是人家栽的，不可以碰。田野有田野的规矩，不归警察管，归农家的公德管。

十几支茭白扎成一束，几十束扎成一挑，担着去集上卖。最外头的茭白叶已经去除，挑子上的茭白都很干净，叶片是绿的，从叶尖起慢慢淡下去，到根部已淡成玉白色，很俏，有一点点性感，不愧是水边的出产。叫"蜡台"的茭白是好品种，剥了壳，就像一支白蜡烛。

茭白丝炒蛋，是好菜。茭白片与蘑菇木耳配成一道炒三鲜，是好菜。茭白与河虾拼档，白得透，红得艳，看了叫人馋煞哉，也是好菜。茭白清蒸了，切成段，用酱油麻油拌，味道尤其纯真，淋几滴红红的辣油就更夺目。

茭白炒毛豆是最典型的茭白菜。这是一场美妙的、白与青的约会，仿照的是"白娘娘与小青"的友情吧？茭白嫩时，毛豆也是嫩时，青青白白地一配，素净、爽口，隐隐甘甜，美美的一盘江南素哟！

莲　藕

荷高洁，同时又务实，在为人类奉献美丽的同时，又双倍地奉献了果实——藕和莲子。在中医看来，荷更是一身无弃物，荷花、荷叶、荷蒂、荷梗、莲子、莲心、莲房、莲须、藕、藕节均可为医家所用。

李渔在《芙蕖》中这样写：

> 可鼻，则有荷叶之清香，荷花之异馥；避暑而暑为之退，纳凉而凉逐之生。至其可人之口者，则莲实与藕皆并列盘餐而互芬齿颊者也。只有霜中败叶，零落难堪，似成弃物矣；乃摘而藏之，又备经年裹物之用。是芙蕖也者，无一时一刻不适耳目之观，无一物一丝不备家常之用者也。有五谷之实而不有其名，兼百花之长而各去其短，种植之利有大于此者乎？

黄梅雨歇，莲蓬上市了。莲蓬是荷的花心——等到荷的花瓣落尽，碧绿的莲蓬就脱颖而出了。莲子是结在莲蓬里的。莲蓬很是绵软，小心地呵护着十几枚莲子。莲子们一个个探出头来，就像不安分的雏鸟。

江南人喜欢把莲子唤作莲心，从字面看，仿佛那是莲花的心呢。如果莲花有心，那一定是清洁到了高贵的。"最喜小儿无赖，溪头卧剥莲蓬"，这是辛弃疾的词。买了莲蓬来剥莲子，小手指和无名指自然而然会竖起来。这样的手势精致，特别是女子，就被舞台上的花旦青衣学去了，称作"兰花指"。这是我的即兴猜想，无典可查。

莲蓬的模样活像倒挂的马蜂窝。刚从莲蓬里挖出来的莲子，穿一身淡绿的、合体的内衣，圆满、玲珑、青嫩，隐约有白色的丝光，干净得不得了，嗅一嗅，清芬氤氲，可爱极了！莲子的肉太嫩，去掉绿色内衣时得格外小心。莲子里还有一枚极细的"芯"，是一味中药，使莲子多了隐隐的一丝苦，许多人会不嫌麻烦地剔去。其实，这一丝苦不去也罢——清淡的甜，隐约的苦，这不正是人生的滋味么？有人专门取莲子芯和枸杞子一起泡茶喝，说是能明目、降血压。也有单用莲子芯泡水喝的，说能败火，效果比王老吉好。

莲子老了，剥出来可以入菜，最出名的就是银耳莲子羹。银耳是雪白，莲子是玉白，洁白的冰糖已溶化了。青瓷盏里的银耳莲子羹真是清雅到了骨子里，托在掌心里，还没吃呢，心里已经干净起来，妙哉妙哉。

吃藕了。

藕切成片，可以当水果吃，甘甜鲜洁，唇清齿爽，无人不爱。藕也是江南菜肴的材料，可拌可炒，如酸甜藕片、清炒藕丝，食之皆快人意。如果不怕麻烦，还可剁成藕末，炸成金黄色的藕圆子。再讲究些，可做成藕夹——在两片没有完全切断的藕片中夹进肉糜、虾仁，蘸上面糊入锅油炸。这两样都要趁热吃，酥软松脆，藕香连绵，快哉快哉。

老年人喜欢往藕的空洞中填充糯米，然后做"焐熟藕"吃。焐熟藕起锅后，那汤别弃了，可以用来煮藕粥。藕粥呈赭红色，藕香四溢，吃着"焐心"呢。

不知道藕粉是怎么做成的。

藕非荷的根，是地下块茎，分节，有极细的丝，每节都有贯通的一组空洞。横切，藕的本体断了，藕丝却没断。"摇动荷叶连带藕""藕断丝连"这些意象常被附会男女情爱，生动而美丽。

看看欧阳修的《渔家傲》：

一夜越溪秋水满，

荷花开过溪南岸，

贪采嫩香星眼慢。

疏回眄，郎船不觉来身畔。

罢采金英收玉腕，

回身急打船头转，

荷叶又浓波又浅。

无方便，教人只得抬娇面。

正是秋水发的时候，一夜之间越溪水涨，南北两岸的荷花开成了一片。家住北岸的姑娘，只顾贪采荷花，不觉已采到了南岸，偶一回首，忽见情郎的船只已经来到了身边。这叫人多难为情啊！急忙想逃开去，但荷叶浓密，水又太浅，一时动不了船。没办法，只得抬起头来了……

这么动人的江南小景是有来头的，来自遥远的《诗经》。

乡间小景

大自然和人类共同创造了乡村。之后，自以为是的人类单独建造了城市。因为没有大自然的参与，对于人类，城市往往没有了亲情，甚至没有了亲和。

人们还在起劲地改造乡村，许多许多美妙的乡村风景已经消失，或正在消失。也许，大部分的改造是必然的，或者说是有理的，但我们对于那些渐行渐远的乡村风景还情怀留恋，心有无奈。

篱 笆

许多农家用篱笆作为院墙。

经典的篱笆是竹编的，大多采用菱形的网格。有的编得密匝，相信"篱笆扎得紧，野狗钻不进"；有的编得疏朗，觉得透透风蛮好的，还可以兼做豆角架子。"一个好汉三个帮，一段篱笆三个桩。"篱笆的桩用杨或柳的枝来做，开春，桩子说不定就活了，扎根了，真是好啊。

篱笆上自然是爬着牵牛花的。你编了篱笆，牵牛花好像自然会来爬的，这个有点怪。

春夏，牵牛花的蔓长得快，一个晚上能盘旋着长出三四寸。蔓端呈触须状，透迤盘旋而上，就像精明的侦察兵。牵牛花蔓的盘旋是有规矩的，取逆时针方向，从不乱来。掌形的叶片在风里快乐地摇摆，就像想鼓掌的手。牵牛的花期大概有半年呢，一茬一茬地开，或粉红，或玫瑰，或萤蓝，或青莲，就像一柄柄朝天的小喇叭，所以有"喇叭花"的别名。花朵不分瓣，浑然一朵，就像用冲床一次性冲压成形的。喇叭花，花喇叭，定睛看时，耳朵边似有嘀嘀嗒嗒的喇叭声。

带着昨夜的星光，带着今晨的朝霞，牵牛花开放了，艳丽、娇嫩、欢天喜地的样子，一派少年的情状。太阳升高了，牵牛花就把花朵悄悄合拢了。她们娇羞，她们谦恭，认定自己只属于清晨，所以牵牛花还有个别名——朝颜。这个名字一定是诗人想出来的，有些凄美。也许牵牛花并不是出于谦恭，也许她们只是崇尚勤勉，不想见到那些睡眼惺忪的懒人。睡懒觉的人看见的牵牛花总是蔫的，他们错过了朝颜，错过了美丽。

牵牛花那么轻盈，怎么和"牛"搭界呢？农人们说，这花和牛郎织女的故事有关，是由牛郎织女的相思泪化成的。这是江南版的传说，有一点儿凄美。

还有一个牵牛花的故事发生在河南金牛山。一天，一个山村少女刨地时刨出来一个小小的银喇叭，她不知道这就是金牛山的山门钥匙，一吹，身后的山崖应声而开。山门里走出来一个白胡子山神，说："姑娘，你运气好啊，发财啦，快进山洞去抱一只金牛吧。不必担心抱不动金牛，你只要对牛说一声'抱'，就笃定能抱动它了。你可千万别说错了，如果不说'抱'，而说'牵'，金牛就变成活牛了，牵回家只能套犁耕田。"姑娘进洞一看，里头果然有一百头金牛，闪闪的金光把山洞耀得辉煌。姑娘是山里人，深知牛对山里农家的重要，喊了一声"牵"，又喊了一声"牵"，一共喊了一百声，一百头金牛一下子都变成了真牛。姑娘把一百头牛牵回村，分给各家各户。从此，农家的篱笆上就开出了和银色小喇叭一样形状的美丽小花……

这是中原版的牵牛花传说，和牛郎织女无关。我想，这样美丽的故事，江南人也会乐意传说的。

有的农家栽木槿做篱笆。隔一拳栽一枝，浇几次水，木槿就活了，越长越密匝，就成了活的篱笆了。好像与牵牛花有过什么约定，木槿花也是朝开暮谢的，也有一个诗化的别名——"日及"。木槿的花分瓣，厚重，从瓣尖到花蒂，由紫色（或蓝色）向白色过渡，似乎有一点儿忧郁。唐代大诗人李商隐感叹起来："可怜荣落在朝昏。"其实，那一点点忧郁只是成熟的质地，木槿是乐观的——天天都有新鲜的花朵，不是青春长葆吗？

如果把明艳的牵牛花比作天真烂漫的少女，那么木槿花就是淳朴稳重的村姑了。细细观察，那些勤恳的村姑大多是自信的、沉着的，她们觉得勤和俭是很自然的，生活里有些难也是自然的，这么想着，她们的内心就踏实而愉悦。

农家的姑娘和妇人都喜欢木槿。她们把木槿的叶子捋下来浸水，轻易就得了一份纯天然的洗发液，洗出来的头发柔顺爽利有光泽。编成辫子，用红头绳一束，很好看。绾个乌龙髻，插一枚碧玉簪，也好看。

男孩子看中了木槿富有韧性的枝条。折几折挽个圈，就是一顶用于野外伪装的头饰。这是从战争电影里学来的。

有的农家栽枸橘李作篱笆。这种灌木有尖锐的棘刺，构成的篱笆以守为攻，连黄鼠狼都避之不及。秋天，篱笆上结出枸橘李子，状如小橘子，太酸，不能吃，但弹性好，能当皮球玩，玩完了手上的清香能留住大半天，闻者胃口大开，能多吃一碗饭。

有情趣的农家还在篱笆旁种几畦豆角，栽一丛蔷薇。豆秧爬起来了,豆荚怀孕了,蝈蝈来做客了,把篱笆变成了一面音乐墙。蔷薇蔓生的花枝和篱笆依偎着,在春天里一拨一拨地绽放红色、白色或粉色的小花,反而结实,把农家的院子打扮成了美丽的新娘。

乡间的篱笆是有生命的,农人们称之为生篱,诗人们喜欢把它们称作东篱。我常想,为什么不是西篱呢?

船　坞

江南多船,乡间随处可见建在河岸边的船坞。

船坞是用来泊船的,大多简陋——没有墙,几根柱子立在水中,托起一个芦席和柴草构成的屋顶,就建成了。船坞傍着岸,与河道平行。如果河道窄,就得利用河湾或者专门挖一个河湾来搭建。架在河湾上的船坞一般比较像样些,会用小瓦铺顶。江南不用"船坞"这个词,把盖得比较认真的船坞称作"船坊",把简陋的船坞称作"船棚"。

陆家巷村的船坊比较大,可以参差泊进去四五条船。

四面可进"野风",又有水汽的调节,夏天的船坊凉快着呢,是人们躲避暑热的好去处,也是孩子们的夏令乐园。

船上的平基板是抹过桐油的,随处可坐,随处可躺,进船坊得脱鞋,别把平基板弄脏了。光膀子睡在平基板上,风把田野的气息、把水的阴凉拨过来,船像摇篮一般轻轻地晃,小伙伴们这儿那儿坐着躺着叽叽喳喳说着话,或者你一勺我一勺地吃西瓜……这种感觉挺美的，挺迷人。兴致来了，剥了衣裤跳进河里去，比游泳，比潜水，看谁能一个猛子潜过两条船肚子。不会游泳也没关系，把船上的平基板往水里一扔，上半身趴在上面就可以用脚打水前进。这么狗刨着，不知不觉间就学会游泳了……这时候，大人们都在暑气蒸腾的田里忙着，不会来干扰，这里纯是孩子们的游乐场，多有劲哪！

人们在田里忙夏，船倒是闲下来了。乘闲着，一些船就被"拔"上岸来整修。船坊靠着的岸早就被辟成了缓坡，泼些水，铺些滑滑的水草，把船推拉上岸不算难。众汉子发一声喊，船上了岸。又发一声喊，船翻了个身，染着些绿藻、栖着些小螺蛳的背面对了青天。船背上有些擦伤，有些朽处，趴在那儿有点倦态，就像等待治疗的汉子。船的骨架是用硬质树做的，其余部位用杉木，如果要用新料替换，得一一换上同材质的木料，不能乱来。动工之前先得在烈日下曝晒几天，让那些板缝尽量显露出来。所有的板缝都将用杂有麻丝的油灰仔细镶嵌。

在习习的凉风里坐在船坊里看匠人们修船，耳朵里是斧凿锯刨有节奏的声响，鼻子里一会儿是木材的清芬，一会儿是桐油的清香，心里特别快活。

在习习的凉风里躺在船坊里，你就和棚顶上的老龙头面对面了。

江南有龙船竞渡的习俗。就像一些企业拥有球队一样，许多村庄拥有龙船，那是村庄的门面。每年初夏，各村早把龙船整饬一新，准备参加镇里举办的龙船赛。端午节前后，大赛开锣，各色龙船汇聚一处，竞渡争标。夺标的龙船还有机会参加全市的龙船大赛。龙船出发之前，照例有个点睛仪式，在热烈的鞭炮声里，由村里的长者执笔点睛。一点睛，龙船就有了活气，能看出来跃跃欲试的神情。

陆家巷村的龙船是条黄龙，通体漆成黄色，龙头蛮大，瞪眼探舌的造型；瘦长的船身上一笔不苟地画着一片片鳞甲，是村里老漆匠的手艺。赛事毕，老漆匠用白漆盖掉龙眼里的黑点，然后唤来村里的精壮汉子合力把龙船托举起来，稳稳地搁置在船坊的顶棚上。那儿干爽，还得让老黄龙保持龙的尊严和必要的神秘。

躺在平基板上，看着棚顶上的龙头，直觉得这真是一条休眠中的老黄龙呢。它就这样很有修养地在船坊里蛰伏着，静静地等待着来年的点睛复活。

赛龙船不只是一项体育赛事，还是一种民俗，是吴地农家对于水、对于船的尊崇和亲近。

在船坊里，和龙睡在一起，水乡人的心里是蛮踏实的。

柴 垛

稻麦割下时已被随手捆了一个一个的"把"。打下谷粒麦粒后，稻把麦把就成了柴把，将柴把码成垛就成了柴垛。

码柴垛是个技术活。麦秸尤其滑，技术不到家，码着码着就溃倒了，那真是一塌糊涂。有力气的人用杈叉往上递柴把，有技术的在垛上接住，有章程地一层一层码，得够高了，就逐渐收缩柴垛的直径，终成一个尖顶，最后用草帘苫顶，勒上草绳，一个"介"字形的柴垛就巍然诞生了。柴垛顶上的码垛人拍拍手，下边的人就递给他一根船用的长篙。码垛人握住篙子，一滑就下了地。下了地，他叉着腰绕着柴垛走一圈，欣赏自己刚完成的作品，脸上蛮风光。

虽说都是"介"字形，各人码出的柴垛还是有差异的，有的肥硕，有的高挑，有的下面小上面大，有的中间有个肚皮那样的膨出。后面两种柴垛技术含量高，有身段，好看。

地净场光，柴垛一个个竖起来，村庄就显得富足，显得吉祥，显得温暖。

柴垛不是当风景看的，是农家的燃料库呢。去柴垛取柴叫"拔柴垛"。拔柴垛不可以随意拔，要一层一层地来，不然会把柴垛弄塌了。大人差孩子去拔柴，总要反复提醒的——小心，小心！

其实，男孩子们对柴垛都挺亲近的，熟悉着呢。他们躺在柴垛顶上白天看天看云，晚上看星星月亮看萤火虫。大号的柴垛大多被他们开发过，肚子里有个能藏人的洞窟。这样的洞窟一般被称作柴垛窠，出入口做过掩饰，对大人保密的。

黄昏时分，钻进柴垛窠，孩子们就觉得终于摆脱了大人的监护，认定这是只属于自己的小天地，特别兴奋。几个孩子并头躺在自由的小天地，躺在稻草麦秸甜津津的气息里，都想说说私密的话，却发现其实没有什么私密的话可说，那就只好说说不私密的话了。猫在这里说话特别能让同伴仔细倾听，特别容易引发笑声和惊叹声。这样，说话就是很有劲的事了。

男孩子们开发的小天地，有时会被恋爱中的哥哥姐姐利用，在里头卿卿我我，在里头亲亲热热。孩子们有时会在里头捡到发夹手绢之类小玩意儿，一看，认得的，就拿回家去还给哥哥姐姐。不料哥哥姐姐一口否认，嘴上说着，脸上红着。

老人们去柴垛拔了稻草搓绳子。他们坐在绳络凳上搓绳子，身前的稻草经过他们粗糙的手里窸窸窣窣响着，变成了结实的绳子，一点一点地流淌到身后。这时候，他们会记起来小时候或者年轻时的山歌小调儿，就用鼻音含糊地哼着，绵绵的，就像从手掌里淌出来的干净而清香的绳子。编草鞋、打草帘、盘米窠，绳子的用处多着呢，多搓点好。

女孩子去柴垛拔麦柴，为的是编草帽。把叶片剥掉，把麦秸秆养在清水里。几天之后，麦秆柔软了，可以用了。先用麦秆像编辫子似的编成一寸来宽的扁带子，然后将带子一圈一圈地缝成一顶草帽或者一个一个草焐窠。

村里的鸡对柴垛最有好感，它们认识这种长谷粒的草，闻得到柴垛里残留谷粒的香味。它们反复用爪子和喙翻动柴垛旁的草秸，果然有所收获。有收获就咯咯叫，很得意。

村里的狗会暂时放下看守家园的职责，到柴垛这边来小憩，天热就坐在柴垛的背阴处，天冷就倚着柴垛趴着晒太阳。它们到这里来，是准备参加男孩子们的游戏。

村里的麻雀把这柴垛当作玩乐场，在那儿叽叽喳喳地吵架打斗。它们知道这些柴草来自田间。它们曾经为了谷物和农人们打过游击战。它们很想把巢做在垛顶上，最后还是放弃了。它们吃不消那帮子吵闹的男孩子。

腊月二十四，那是个一年一度"叹茅草"的日子。男孩子们吃过晚饭就来拔柴垛了，手里抓腋下夹，风风火火把柴把带到田野里放火。不是真的放火，是用柴把引燃田埂上干枯的茅草，使一条条田埂成为一条条火龙。

只有在这个时间，孩子们的玩火是被允许的。大人们远远地站着看一条条的火龙，说："好，好，烧得旺呢，那些害虫无处可逃哉！"

冬天，大部分柴垛变矮了，但还是保持着"介"字形，还是端端正正地坐在村子里。

在吴地方言中，"柴垛"被念成"柴炉"。

看瓜棚

西瓜熟了，香瓜熟了，瓜地里就有看瓜棚了。

看瓜棚有两类。一类是寮棚，小屋的样子，里头除了架着一张挂蚊帐的小床，还备有竹椅矮桌等简单家具。另一类极简陋，其实就是用船篷片子遮蔽的一只高脚床。到了晚上，四面的船篷片子撤去，就见瓜地里浮起来一只挂着蚊帐的床，睡在里头一定蛮凉快的。

瓜棚门口挂着一支长柄的鱼叉，有的三刺，有的五刺，磨得亮闪闪的，说是防獾和刺猬，其实是威慑偷瓜贼的。路过瓜地，顺手摘个瓜现吃，勉强不算偷，但瓜棚里可能会传出来表示提醒或者警告的咳嗽声，也是让人挺尴尬的。

一次，到陆家巷村去。出于少年的好奇，我在陆舅的看瓜棚里盘桓了半夜，若不是半夜下起雨来，会在那里过夜的。陆舅的看瓜棚是挺像样的寮棚，门口还用船篷片延伸出一个门廊，廊下置着一张矮桌子和两把小竹椅，桌上有一个小收音机和一把巨大的茶壶。在乡下，这种扁扁的大茶壶有个挺酷的名字——牛屎壶，肚子里灌着大麦凉茶。这种凉茶就得咕咚咕咚地牛饮，不然配不上牛屎壶这个粗犷的壶名。

侍弄瓜地是陆舅的嗜好。那个夏日的黄昏，在蚊烟堆的艾草清香里，陆舅兴致勃勃地大谈他的西瓜经，至今我还记得他说的两个窍门。窍门之一是"瓜果喜欢陌生地"，意思是没有种过瓜的田地最宜种瓜。窍门之二是"别让雌花坐得太密了"，雌花过密，瓜长不大，反而吃亏。

有一年初夏，陆舅把村头一个野蜂窝用麻袋兜了搬到瓜田里，挂在瓜棚附近一棵小树上。陆舅认定蜂对瓜的重要，搬蜂窝是让野蜂对他的瓜田特别关照，不料这蜂窝后来成了他看瓜的帮手呢！

陆舅脾气好，即使在瓜棚里遥见有人顺手摘瓜也不好意思咳嗽，就想出一个办法：看见有人摘瓜，他就扯动瓜棚里的一根绳子——这绳子拴在那棵小树上呢，一扯，野蜂嗡一声窜出来，就把摘瓜人吓跑了。

这个故事发生在陆舅家那条老狗老死之后。那老狗本来是陆舅的看瓜好帮手，瓜熟时节白天黑夜在瓜棚里忠心耿耿地值班。没了老狗之后，陆舅找了个值夜的帮手——蝈蝈。瓜地里的蝈蝈蛮多的，每一个蝈蝈都守着一方领地，彻夜用鸣叫宣告它的占有权。它们很敏感的，如有活物靠近就会戛然噤口。看瓜人睡在蝈蝈的鸣叫声里，蝈蝈一噤口，看瓜人悚然醒来，赶紧咳嗽，赶紧弄点响声出来。

老狗不在的另一个瓜季，陆舅不慎崴了脚，邻村几个青皮后生竟结伴乘夜来偷瓜。星稀月残，黑咕隆咚的，他们带着麻袋，从意想不到的方向泅渡而至，谅崴了脚的陆舅即使发觉了也追他们不上。当时陆舅在瓜棚门口的躺椅上打盹，听得动静，知道来了不速之客，忽然哼哼起来，一声一声的全是痛苦的呻吟。偷瓜人不知是计，听出声音不对劲，猜想陆舅发了什么急病，放下麻袋奔过来考究。陆舅一手一个，抓住了两个湿淋淋的偷瓜贼。

陆舅哈哈大笑，说："你们倒心肠好，麻袋别用了，抱两个瓜走吧！"

丝瓜棚

丝瓜不种在田里，种在院子里。给丝瓜锅盖大一点点地，你就能得到半个院子的绿荫，多好啊！

长到一尺多长，丝瓜秧就会像蛇一样昂起头来，找寻往上攀爬的依附。这时候就要搭丝瓜棚了。丝瓜棚很简单，用几根竹子做架子，在架子上网上草绳子就行了。得了依附，丝瓜蔓很开心，淡绿色的蔓须舒展着，像要甩个响鞭的样子。棚子上的瓜藤还疏朗呢，第一批花就开出来了。丝瓜的花不大，却夺目，是那种响亮的明黄色，使人想起深秋午后的阳光。好像没什么香味，但蜜蜂嗅到了，闻风而至，手忙脚乱地忙，嗡嘤着，你呼我应之间洋溢着热情。

馋嘴的麻雀常来探看，在棚子上叽叽喳喳地争论不休。有的认为这是葡萄藤，有的认为不是。成熟的葡萄是它们喜欢的水果。

蔓须还在探索，藤蔓还在延伸，开过花的部分纷纷垂下来细小的丝瓜。那花还开放着，开在小丝瓜的顶上。丝瓜想向下垂，花却想面朝天，奋力向上仰，结果十有八九的小丝瓜成了一弯弧形。

麻雀的争论此时已见分晓，它们对丝瓜没有兴趣，不来了。有能耐登高的蝈蝈爬到棚子上来了，在那儿居高临下地唱歌。碧绿的小丝瓜上站着碧绿的蝈蝈，很经典，很好看。

陆舅家的院子里有棵桂花树,丝瓜棚就搭在院门外头。夏秋两季,陆舅家的院子门口总有一片葱茏的绿荫。偶有阳光从藤叶间漏下来,在地上金币似的跳跃。

在市场上受欢迎的是那种直而细长的丝瓜,种瓜人在弯弯的丝瓜上用布带子拴了石块碎砖,要把丝瓜拉直拉长。拉直是有可能的,拉细好像不可能。

陆舅不让家人在丝瓜上挂砖石,怕丝瓜难受。陆舅家的丝瓜大多是弯的,像一勾新月。下雨的时候,雨水喜欢栖在弯弯的丝瓜上,越栖越多,最后从瓜尖上聚成亮晶晶的一滴。雨滴终于落地,瓜身往上一弹,牵动了藤和叶,引起一阵细细的绿雨。

丝瓜一茬一茬地垂下来,绵绵地延伸到中秋。丝瓜在渐凉的秋风里发起一波结瓜的小高潮。陆舅说,这就是"凉丝丝"的出典呢。

秋深了,丝瓜藤发黄了,叶子一片一片落掉。来不及摘的丝瓜还挂在藤上,一天天变老,由绿变成黄,由黄变成褐。

农家是故意留下这些老丝瓜的。除了留种,还为了取用老丝瓜的络。采下老丝瓜,把发脆的外皮去掉,就现出老丝瓜的麻布似的黄色的筋络。拍打筋络,把黑色的籽拍出来留种,剩下的丝瓜络就是"丝瓜麻络经"。这是吴地人的叫法,听上去像一个多音节的俄文词汇。

把丝瓜络剪成四寸长的段子,用来洗碗,很好用,用来搓澡,更理想,很生态,很舒服。

陆舅家没机会收丝瓜络。入了秋，陆舅家的丝瓜藤就被齐根剪断，插进了空盐水瓶。一天一夜，丝瓜藤的灰绿色汁液滴满了瓶子。换个瓶再接，这次要用两个昼夜才能收满瓶子。最后，丝瓜藤就干枯了，不再有汁液滴出。

陆舅的舅舅是个慢性支气管炎病人，一入秋就会发病。丝瓜汁是一味民间偏方，用于治疗老咳喘。

丝瓜藤滴汁那些日子，陆舅尽量不在家里待。他不忍心呀。

稼什墙

江南农家注重精耕细作，讲究农具的适手是自然的事。农家的"下屋"里大多有一面挂置农具的墙，称作"稼什墙"。"稼什"就是农具，江南人用方言说就是"家生"这两个音。

陆舅家的"稼什墙"是蛮讲究的。这是一面只起到隔断作用的墙，两米来高，没砌到房顶，"L"形的农具可以直接钩挂在墙顶上。挂着的钉耙有好几把，样式不一样，各有各的用途。垄田的钉耙都是四个齿，只是齿尖的形状不同，一把是尖头齿，一把是"鸭脚齿"，还有一把是菱叶齿。尖头齿利于深垄，另外两把便于扒拉。钉耙的竹柄被汗涔涔的手掌摩挲得绢光滴滑，握上去有玉石的感觉。竹的截面当然是圆的，中空的，而榫入钉耙"脑"的是竹的根部，实心，被修整成大致的方形，能起到固定的作用。竹柄"榫"入处称为"脑"，这个"脑"的倾斜度决定了钉耙刺与柄的夹角，也就决定了钉耙是否好用。

九齿钉耙的形状类似猪八戒的武器。九根钉耙齿细而尖，微微向里抓，在水田灌水时用作平整田面，在沤肥潭起肥时用于抓提绿肥。

锄头和镐的柄是木质的，陆舅家用的是榆树。那么韧的树也让汗掌揉搓得溜滑，握在手里觉得十分得劲。

挂在锄头旁边的是连枷。这种看上去像玩具一样的工具用于拍打铺在地上的麦穗，使麦粒脱落。使连枷要腕力，还得有巧劲，要充分借用枷头旋转的力量。

靠在墙上的"稼什"也不少，比如开沟渠用的铲子，挑物用的桑木扁担，打坑下种用的菜花榔头，还有罱河泥用的夹网⋯⋯

挂这些"稼什"是不用钉子的。挂在钉子上的是耘耥用的耥头。与耥头相配的竹柄很长，闲置时只能把竹柄卸下来另外存放。

镰刀有好几把，集中插在墙根的竹篓子里。墙根还有一部犁。犁是稼什中的老代表，被隆重地放置在一条短跳板上。这部犁蛮老了，是陆舅曾祖父手上置的老"稼什"。做犁的树料不好找，那位讲究的曾祖居然花了几年的时间，用一块大石块吊在一棵榆树上，硬是把那棵倒霉的树压在成了弯弯的犁状。陆舅家的犁的扶柄上有一个小小的铁环，这是陆舅爷爷的创造，是备着挂小竹篓子的——耕田时，扶犁的人发现土里有石块瓦片就随手捡起来放进竹篓里。这部犁在陆舅爷爷七十多岁时断了犁头，陆舅的父亲想换个新犁头，陆舅的爷爷不同意，说："把犁头拆下来吧，去尤记铁匠店回回炉吧，还用这点铁。"还是那点铁，旧犁成了新犁了。老人却永远走了，老人家自己没法回炉了。

我见到这部犁时，犁已经弃用多年了，就像一个清健的退休老人。

陆舅家的"稼什"墙上还挂着一把别人家没有的"手锄"。这是陆舅设计的，锄头的形状像一片夸大的银杏叶，木柄只一尺多长。陆舅有闲就会去田里转转，转转时就随手带着这把手锄，时不时弯腰给庄稼除一除草，壅一壅土。

陆舅有空也会去下屋看看他家的稼什墙。这些农具有的是祖辈传下来的，有的是他亲手置的，他对它们有感情，往往会忍不住一件件取下来擦拭一遍，摆弄一会儿，然后又一件件挂回老地方，整面墙的格局是多年不变的。

农具都老了，显得陈旧、暗淡、凋敝，但都干干净净。静静看，似乎都有与人交谈的欲望。铁件是抹过油的，用青油。青油是从乌桕树的子里榨出来的，市面上买不到现成的。陆舅家屋后竹园里有一棵乌桕树，是他曾祖特地为保养"稼什"栽下的。到了深秋，乌桕树叶比枫叶还红得透，经竹园的翠色一衬，那可是村子的一景呢！

有一辈辈人的示范，像陆舅这样的农民是一开始就打算用一生的时间来和庄稼相伴的，身上自有一种特有的执着和宁静。他们有耐心，有兴致，在田地上静静地劳作，快活地收获。

陆舅家这些"稼什"大多出身于镇上南街那家尤记铁匠店，

身上铭有一个小小的"尤"字。"尤"字笔画少,可铭时还是要小心——一不小心成了"犬"就不好了。

做陆舅家的"稼什"是蛮幸运的,可这些被宠坏的"稼什"还是不满足,老是抱怨后窗外的竹林遮挡了它们的视线,使它们看不到它们亲爱的田野。它们和田地有感情,自觉是这方田地迎娶的新娘呢。

一年中有许多忙忙碌碌的日子,也有许多农闲的时光。在那些寂寞的晨昏,"稼什"们总是在不厌其烦地聊着田地和庄稼。

年长的犁只能谈谈泥土和牛。这么多年了,它从来没有见过长满庄稼的田野,所以对一切关于庄稼的话题都很感兴趣,以致它整个儿快成了一只倾听的耳朵了。

九齿钉耙不知道猪八戒其人,它能描述的是莳秧时节的田野:啊,啊,那么多嫩绿的秧苗啊!那么多聒噪的青蛙啊!当然,还有黑色的燕子。这些红下巴黑衣衫的精灵是到秧田来衔泥做窝的。可九齿钉耙并不知道燕子衔泥去做什么,它们感到奇怪——难道燕子和蚯蚓一样是把烂泥当饭吃的吗?

专做耘耥工作的耥头能头头是道地描写分蘖中的稻田:稻稞是深绿色的噢!稻稞都提着劲地伸展腰肢,那种蓬勃的气息让人兴奋不已哎!你道稻稞为啥紧张啊?因为田里还长着不少稗草。那些草是很蛮的,一个劲地往上蹿,一心想从稻稞中探出头来争得阳光……

锄头最喜欢的事是挖红薯。锄头早就知道埋在土里的秘密,但它看不厌躺在地下的那些呆头呆脑、虎头虎脑的家伙。嗨，嗨，锄头说，小家伙，我带你们回家噢！

镰刀记忆中的田野总是金黄的：开镰时节的庄稼地一派金黄，饱满而俊秀的穗子在风中摇头晃脑，发射着太阳一般的光芒……

一把豁了口的旧镰刀最是见多识广，因为它在豁口之后成了孩子割猪草的工具了，一年到头都是有机会到田野里去的。它是这样描写田野的：清明前后，田野最是欣欣向荣。子规鸟喜欢在麦地里找虫子吃。割草的小孩在田埂上走过，子规鸟尖叫一声"规"，然后"子"一声直射到天空里。这当口，油菜花轰轰烈烈地开着，金光闪耀，那些嗡嗡的蜜蜂叫得我刃口都麻酥酥的……豁口镰刀口才好，最后还有总结：庄稼没有不守规矩的，什么时节萌芽，什么时节发稞，什么时节扬花抽穗都是同步的，悉听大自然的号令。庄稼没有不好看的，它们爱美，总是收拾得清清爽爽，玉米高挑，芝麻挺拔，麦苗妩媚，稻稞丰腴……

豁口镰刀这么说着，大家忽然想道：哎呀，这个农闲咋这么漫长啊？子规鸟叫过了，蝉唱过了，乌桕树红透了……

有一天，陆舅领着几个陌生人来到下屋，把那部老犁扛走了。市里农耕博物馆要收藏这部早就退休的"稼什"。老犁被扛出门那一刻，陆舅有一种很深的难过。

博物馆的人有点惊诧："呀，呀，这犁头还这么锃亮！"陆舅说："这就是青油的好处了。"博物馆的年轻人不知道青油是个什么东西。

一年又一年，陆舅不断地用青油保养着这些稼什，还把这面"稼什墙"归置得井井有条，有一种说不出来的美。

博物馆的老馆长说："老陆啊，你这面墙很有意思，我们可以整体收藏吗？"

陆舅愣了愣，还是摇了摇头，眼睛里满是落寞和惆怅。

陆舅几年前就无田可耕了，他当工人了。竹园那边的田地也早就开发成居住区了。

赤脚走在田埂上

一个人的童年，最好是在乡村度过。因为与大自然疏离，城里的孩子是没有完整的童年的。

我家住在小镇尾，邻居中半数是农民，开窗就能看到农田，出门几十步就到了田埂。这是我的福分。

在乡村，你是不好意思睡懒觉的。有鸡啼呢，有鸟鸣呢，有那么多门轴吱吱嘎嘎的声音呢。

公鸡可能是知道"司晨"这个词的，认定没有它们的尽职，人间就不会破晓，所以啼起来非常庄严，充满了创世纪般的激情。公鸡都是天生的美声，乐谱大同小异："喔喔喔……"有的把第二个音节拉长，有的把第三个音节拉长，有的在绵延的尾音之后再来一个短促的装饰音，听起来挺花哨。鸡鸣分段落，五六声为"一遍"。春天的时候，鸡叫三遍，天就亮了。夏天是四遍，冬天要叫八遍才天亮。农人把这个编成顺口溜：春三遍，夏四遍，冬天八遍才亮天。

鸡鸣只是开场锣鼓，乡村晨曲的主演是各怀绝招的鸟。鸟鸣大多只一两个字，最多为一个短句，却经得起无数遍的重复。经得起无数遍重复的作品就是经典了。鸟是原生态唱法，细瓷的质感，一粒粒滴溜溜的，圆，润。听的人永远不嫌闹，不嫌烦，就觉得宁静，觉得朗润。大概鸟也有方言，有一种鸟用吴语一遍又一遍追问："几——个，几——个？"有一种鸟一天到晚叫"滴滴水儿，滴滴水儿"，句末那个"儿"一带而过，一大半粘在"水"上，极像北京话中的"儿化"。还有一种鸟叫"你想一想，你想一想"，相当标准的普通话，口齿清晰，让人觉得这是指着你鼻子的谆谆教导。

最有江南水乡风味的是布谷鸟。布谷鸟很少，怕羞，所以难得一见。它们总是在很远的什么地方哼唱，"谷谷谷布，谷谷谷布"，中音，一声，一声，哑哑的，很从容，很悠远，很亲昵，一点也没有催人播种的意思。我看见过一次布谷鸟，浑身黑羽，貌不惊人，在空中平稳地飞，一边飞，一边不慌不忙地叫。

布谷鸟来到江南时，正是初夏。农家大多新换了蒲草编的席子，很是清香，我家也是。布谷常常进入我初夏的梦境，一声，又一声，然后我就醒了，可布谷声没有中断，还在鸣叫。鸟鸣是唯一能进入梦的声音。这是我少年时代的一个发现。

醒了，我也不睁开眼睛，伸展四肢，让身体尽量多地接触席子；侧过头，吸着蒲草水幽幽的清香……就觉得世界很太平，很干净，很美妙；觉得自己很年轻，很健康，很英俊。

就这样，在鸡啼之后，乡村的日子就像一枚新鲜的蛋，被鸟的喙一点一点地啄破了壳。

年长的农人起得早，披了一件衣裳就走到了田埂上，用眼睛望望天，用脸颊辨辨风向，用鼻子闻闻风里有没有雨的味道。他们很响亮地咳嗽，是和庄稼打招呼呢。

空气中有庄稼打呵欠的气息和泥土新鲜的腥。田埂上的那些小草，趁着没有人的时候，也悄悄地萌动了一些叶芽。麦子灌浆多日，不再活泼，有点害羞，静静地孕育着它们的幸福。麦稞长得高了，风劲的时候麦田就特别像海。麦浪一浪一浪地涌动，深绿浅绿无休止地变幻，一直波及天际。

田野的那边有一些树，有些乳白的或者淡蓝的雾，一缕一缕袅袅地流淌。好多鸟鸣就是从那边传来的。如果有人大声地咳嗽或者大幅度地动作，会短时间中断鸟的鸣啭，可见鸟们一直是注意着人的。

在母亲的督促下，我一度坚持过晨练，就是一早起身在田野里忽疾忽徐地跑。母亲说，田野里的"卯时风"能洗肺清脑。更重要的是能接"地气"。"地气"不是空气，看不见，摸不到，真有吗？母亲说，早年间，有人得了"黄病"，郎中就教他去"踩露水"。病人头遍鸡叫就起床，赤脚去有草的田埂上走，"千年的莲子，万年的草根"，地气就从涌泉穴进了人体，比吃药还灵呢。母亲说，那些伤了病了的狗会去哪里？它们没法找郎中，就只好去僻静的野地里静静地趴着，它们知道要和土地接通气息，慢慢地，"地气"真就让它们缓过来了。有一回，我家一只小鸡被凳子砸中昏死过去，母亲就把鸡放在泥地上，罩上一只笆斗，然后在笆斗上拍打。拍着拍着，小鸡就叽叽叽地活过来了。母亲说，拍笆斗不过是呼唤的意思，挽救小鸡的还是"地气"。许多年后，我到城里工作，住在楼上，母亲常常叮嘱我别整天待在楼上，要多下楼去泥地上走走坐坐，说接不上"地气"会生病的。

地气暖了，油菜花开了，开得浩浩荡荡、轰轰烈烈。面对阳光下铺天盖地的油菜花，人人都会大吃一惊——呀，呀！一时间，你不知道怎样来形容眼前的景象，不知道怎样来表达你的惊诧。油菜花不大，四个瓣，比较薄，能透过一半的阳光。亿万朵明黄色的油菜花是春天的主力部队，就这样排山倒海地占领了田野。田野生机勃勃，有一种奇异的光明，仿佛突然有了两个太阳的照耀。油菜花的香气不是一缕一缕的，而是一浪一浪的，汹涌澎湃，滚滚而来，仿佛大地积压了一冬天的激情终于得到了迸发。

蜜蜂出动了。田野里充满了嗡嗡嘤嘤的声波。声音是由无数细小的声音组成，又经过无数对翅膀的搅拌，颤颤地，听着耳朵深处有一种微微的痒，鼻腔里又灌满了甜甜的花香，就想打几个响亮的

蓝调江南

喷嚏。蜜蜂们很激动的样子，急急地从一朵花飞到另一朵花，不一会就粘了一身黄色粉末，一个个成了会飞的金豆子了。喝饱蜜的蜂不够灵活，不小心就被男孩子一巴掌拍趴在地上。男孩捡起蜜蜂，把鼓囊囊的下半截扯下来，伸出舌头去乱舔——哈，真甜！虽然身首异处，蜜蜂还是能用它的毒针螫你的嘴唇，你得小心了。舔过蜜的嘴巴甜了，其他的蜜蜂以为你的嘴是一朵特别的花，会来叮你的嘴唇，你得加倍小心。若是被蜇，就倒霉了，嘴唇要肿一整天，还要被人耻笑——"馋痨坯"，活该！有的男孩特坏，舔蜜之前还要玩一玩，把蜜蜂的翅膀小心掐掉，让它在手臂上爬痒痒。蜜蜂不知道脚下就是凶手的身体，不会用针来攻击，可做贼心虚的凶手一边享受着痒痒的舒服，一边紧张得要命，玩得就很刺激。

蝴蝶也来了。和蜜蜂相比，它们采蜜的时候总是不够专心，老想卖弄舞姿，飘飘忽忽地没个消停。它们停在菜花上时，两片翅膀一开一合，像是急促的呼吸，它们到底累了。大男孩不想玩蝴蝶，就一脸正经地向小男孩传授逮蝴蝶的秘诀，说一只手要捂着自己的屁眼，另一只手才能逮得住蝴蝶。小男孩信了，照着办，大男孩就笑得在田埂上打滚。仔细看，蝴蝶翅膀上美丽的花纹是由五颜六色的粉末构成的，手指一触就会脱落。蝴蝶太珍惜美丽，甘愿和自己的美丽同归于尽。来菜花地的蝴蝶绝大部分是单色的黄蝴蝶或白蝴蝶，和菜花一样，它们是同类中最朴素最简单的一种。

麦子灌浆的时候，野荞荞结荚了。野荞荞是一种野生的豌豆，蔓生，依在麦秆上，结的荚窄窄的，只有豌豆荚的四分之一宽，里头排着十多枚绿豆般大的豆粒。野荞荞煮了可以吃，味道类似于豌豆。男孩子摘野荞荞不是为的吃，而是用来做哨子吹着玩。挑选饱满的荚，咬掉荚柄，小心地从一边剥开荚，去掉里头的豆粒，豆荚就变成哨子了，抿在嘴里吹，波波响。因为野荞荞是长在麦地里的，就叫麦哨，也有称"野叫叫"的。以麦哨为端口，用苇叶一层层地盘缠成喇叭状，最后用一枚棘刺锁定，"野叫叫"就成了一个绿色的短脖子唢呐，一吹，波波的声音已被放大，有了一点海螺的雄浑，很合男孩子的胃口。"野叫叫"只能现做现玩，隔一夜，豆荚干硬，就吹不响了。"野叫叫"的声音都是新鲜的，绿色的，有生命的。

在田埂上遇到狗是常有的事。我常常遇上的是一条蓬尾的黄狗。我认得这条狗，它是根寿的狗，名叫金子。这狗一定认得我，可它不睬我，潦草地瞟我一眼，只顾走它的路，很自负。根寿每天上午都在镇上东园茶馆里喝茶和接诊，蓬尾狗是他的随从。根寿为头痛脑热的小孩子"推筋"，为患风湿病的老人"挑痧"，每有奇效，算是这一带的名人。所谓"推筋"就是推拿，问明症状之后，就用大拇指在小孩的手腕上和小腿上的某些穴位反复刮擦，直到那些部位现出紫红。"挑痧"是一种放血疗法，要动用一支长柄的三棱刀，有点吓人。根寿是个农民，就因这一手祖传的绝招使他不同凡响。蓬尾狗的傲慢是因为它的身后跟着它很有派头的老主人。蓬尾狗走过去不久，根寿就会出现了。老人九十多岁了,脸如重枣,腰板笔挺,走起路来依然虎虎生风。老人背着手走路,目不斜视,为了保持他的神秘色彩,对我这样的小孩子从不理睬。

在田埂上还偶尔能遇到曾舅妈家的白猫。这白猫被人驯服得一塌糊涂,只要摸一下它的头颈,它就会感动得骨头酥掉,趴在地上成为一个扁扁的"饼",它"扁扁"的名字就是这么来的。在田野,白日里家居生活中的"扁扁"完全是另外一种样子,机警、凶狠、诡秘,眼睛里满是狂野的神情,一见到人就倏地闪避,潜在麦垄深处,做敌意的窥视。猫在白天的温柔是装出来的,到了晚上,到了田野,它们的野性就复苏了,就勃发了。猫在晚上、在野地里的生活才是它们自己的生活。这是我少年时代的又一个发现。

这一片田野我很熟悉,就像熟悉我自己的手掌。我为那片田野起了许多念着好玩的名字:一条小河叫"密西西比河",一个水塘叫"格格湖";有一个小树林子因为远,走着累,就叫"达累斯萨拉姆";读过海明威的一部小说,就把一个小土墩命名为"乞力马扎罗"……我把这一片田野看作了一个小小的世界了。

有的田埂笔直如尺,把土地划成等面积的田亩,有的田埂则像一根柔软的缎带,很诗意地飘洒在林边河沿。有的田埂处在高田和低田之间,或者处于田与沟渠之间,起着实质性的隔断作用。有的田埂只偶尔起到交通作用。农人把前一种称为田岸,后一种才称为田埂,而那些村际之间的泥路则被称作大田岸或官路。

小田埂人迹罕至，野趣天成。这里是小草和野花的世界，也是孩子们的乐园。女孩子提个小篮子来这里挑野菜，一不小心就能挑到小半篮。挑野菜的"挑"是"挑选"的意思。马兰头、野苋菜、灰蓼头、大荠菜、小荠菜、豌豆苗、蛤蟆叶、枸杞头、车前草……野菜的品种有很多，不能混着吃，你得挑选一种。男孩子来这里是为的割猪草或者割羊草，草是当饲料的，也得大概挑选一下。马绊筋太老，三棱草和鹅儿不食草有小毒，不要。最好的饲草是酱板头草，因叶片状如马的牙齿，大名马齿苋，茎叶都肥嘟嘟的，是猪草中的上品。酱板头草还是一味药，煮成汤，可以治轻度的腹泻。浆麦草的叶片像麦叶，富有浆汁，有一种好闻的清香，是农家做青团子的颜料。

野蓬头的学名叫艾蒿，喜欢群体生长，有的小田埂整条都是它们的世界，割一茬长一茬，层出不穷欣欣向荣。大热天晚上露天乘凉，将新鲜的野蓬头压在场角的火堆上，空气里就有了丝丝然然的艾叶味，人闻着有点青涩，蚊子吃不消，赶紧逃之夭夭。到了端午节，野蓬头还有一个特别的用途——和野菖蒲扎成一束，挂在大门上"压邪"。老人们说，菖蒲的叶片是钟馗的剑，艾蒿的气味是"正气"，所以能"压邪"。

野苋菜的茎上长刺，凶巴巴的样子。它的叶子嫩时可吃，味道类似苋菜。老苋菜的茎是制作臭豆腐的原料。

有一种野菜叫"酸姊姊"，能长到一尺多高，暗红色的茎有大拇指那么粗，肉肉的，很脆，嗅一嗅，有一种刺刺的酸味，仿佛能

蓝调江南

把人的鼻孔扩大一倍；用舌头舔折断处，一种猛烈的酸味便像电流一样逼得你喊出声来。

女孩子喜欢酸姊姊，男孩子不喜欢。男孩子喜欢"打官司草"。这种草的主茎有韧劲，将手里的草茎和对手的草茎绞在一起，用力拉，谁的草茎先断，谁的"官司"就输掉了。小孩子具有把生活简化的能力，有时候就用这种办法来判决纠纷。

蒲公英的黄花很阳光，地丁草的紫花很清纯，狗尾巴草的花就像狗的尾巴，灯笼草提着一只只绿色的小灯笼。有一种白色的花成团开放，很繁茂，俗称癞痢花，女孩子最怕男孩子冷不丁给她们插在头上。据说插了这种花就会掉头发，变成癞痢头，多可怕啊！有一种粉中透点红的花样子挺特别，花瓣连在一起像一个浅浅的小碗。这种花名叫"打碗碗花"，连男孩子也不敢摘，谁摘了就成了"火手"，老是会把碗打碎。解除"火手"的秘法是找一条蛇蜕来搓手。蛇蜕可不好找，麻烦死人。关于这些花的传说都是老太太们绘声绘色讲出来的，她们常常冤枉了这些美丽的花，却给田野增加了神秘。没有神秘的地方不好玩。

在布谷鸟悠远的歌唱里，在男孩波波的麦哨里，麦子一天天黄了。这时节，秧田里的秧苗已经欣欣向荣，成了一块块绿地毯。秧田总是做在河渠边的"白板田"里。"白板田"就是不种越冬作物的休闲田。秧田的绿色愈来愈浓稠。这些浓稠的绿色将会把江南全部的田畴染化成一片翠色。

在秧田绿色的背景上，白鹭翩翩飞过，或者无声降落。白鹭整天生活在泥水之间，可它们的羽毛永远洁净。书上说，这种鸟能分泌一种奇异的粉粒，使污垢无法栖驻。这种特异的功能是出于酷爱清洁酷爱美的天性吧？白鹭最美的是眼睛，狭长的眼睛如一片竹叶，晶亮的瞳仁如婴儿般清纯。白鹭最美的动作是涉水而行：两条浅棕色的长脚杆交替提起，提起时，带蹼的趾爪收拢如拳，稍作停顿，然后向前探出，趾爪相随着展开如一片枫叶。白鹭最美的姿态是静静伫立：单腿立地，双翅半展，长颈后曲，久久凝定不动，一派超凡脱俗、遗世独立的神韵。

蛙声在田野上响起来。都说蛙声如鼓，其实蛙声更像庙宇中僧侣集体的诵经声。蛙声是属于稻田的，麦子听了心里就有点着急，一急就黄了脸，熟了。"稻要养，麦要抢"，麦子很快就登场了。

割掉了麦子，农人们猜想田地有点累，就让田地休闲几天，晒晒太阳，吹吹野风。田野显得空旷而寂寥，天空显得明亮而高旷，田埂上的小草显得瘦高而缺少依傍。田野就这样突然地换了一种风景，一个节令。

有的小孩子就把他们家的鹅赶来了。因为田里有麦茬，鹅走路时摇摆得厉害。它们感兴趣的是那些青嫩的小鹅草，还有人们不小心遗落的麦穗。它们"江江"地叫几声，对扎脚的麦茬和捡麦穗的人表示不满。它们不怕人，更不怕小孩子。老人们说鹅的眼睛特别，会将事物缩小，人在它们眼里只有一尺来高，所以根本不用怕。

蓝调江南

然后牛和犁就下地了。对于这片土地来说，牛和犁都是老搭档了。

牛是弓着背的，犁是弓着背的，庄稼人也是弓着背的。在土地面前，庄稼人乐于弯下腰，他们是土地的崇拜者，敬畏土地是应当的。

泥土被犁头一浪一浪翻开，闪着黝黑油亮的光泽。一些蜻蜓绕着犁盘旋，捕捉从麦茬里飞起来的蠓虫。偶尔有燕子箭似的贴地掠过，捕捉专心觅食的蜻蜓。

牛和犁在田野上留下一大片一大片凝固的黑色波浪。细细看，土浪里有细细的根须和根须嫩白的截面。一两只蝼蛄在泥浪上匆忙奔走。一两条被犁头切断了身体的蚯蚓镇定地分头退进泥缝……土地就这样袒露了它的秘密，在阳光下散发出一种类似于老芦根的气味。泥土是有生命的，能消化，能自洁，不管把多么脏的东西撒到田里，没多久，那些臭烘烘的脏物就不知去向了，土地还是原来的样子，找不到污染的痕迹。泥土和泥土在一起总是新鲜的，和粮食一样干净。以前皇上出巡，地方上要"清水洒街，黄土填道"，可见黄土和清水是世界上最好的东西了。

在灌田之前，农人们要对田埂做一番修整，使田埂真正担负起隔断的任务。田埂被田里翻起的土加高拍平，看上去整齐而呆板。

灌田了！一时间，田野里到处是汩汩的、哗哗的流水声。大渠道里的水流到小渠道，小渠道的水流进一方一方的田。江南的水田这时才真正成了水田。整个江南成了一片泽国。

管水的人扛一柄泥铲，把裤腿卷过膝盖，光着脚板在田埂上巡逻，查查田埂下有没有漏水的鼠洞或者鳝洞，看看田埂进水缺口的泥坝高度是不是适宜。

麦熟是小熟，稻熟才是大熟。农家忙碌的日子开始了。有一首农谚概括了江南稻作的全过程：

> 立夏做秧板，小满满田青；
>
> 芒种秧成苗，夏至两边田；
>
> 小暑旺发棵，大暑长棵脚；
>
> 立秋硬茎节，入暑耕头谷；
>
> 白露白弥弥，秋分稻秀齐；
>
> 寒露无青稻，霜降一齐倒。

从做秧板开始，农人就赤脚下田了，但大多数的农人还是要在开始莳秧那天喝过"开秧门酒"之后才赤脚下田，所以"开秧门酒"也叫"赤脚酒"。

开秧门是个节日，田埂上热闹得很。拔秧的，担秧的，抛秧的，莳秧的都在田埂上来来往往忙忙碌碌没个消停。莳秧的人边莳秧边唱起山歌来：

> 莳秧要唱莳秧歌，

蓝调江南

> 背朝仔青天面朝仔泥。
>
> 两脚弯弯泥水里踩,
>
> 鸟叫一声六棵齐。

在一声鸟叫的时间里就插齐一行（六棵）秧，动作真是快呢。

过些日子，耥稻的人唱起山歌来：

> 头通耘耥稻来岔,
>
> 岔稻要岔三寸深,
>
> 每勒要岔五搪耙,
>
> 岔掉杂草翻转仔根。
>
> 二通耘耥是耘稻……

这支山歌把耘稻的技术都细细唱出来了。

赤脚踏在大地上，山歌播到云朵里。唱歌人就把天和地接通了。

没有一个孩子不想赤脚在田埂上走的。和田埂最匹配的就是光脚板。远古的时候，人是不穿鞋的，脚丫子从来是和大地在一起的，跟田埂更像是天生的一对姊妹，有一种天然的亲情。

可能由于母亲从小给我的"地气"提示，赤脚走在田埂上，我就觉得真有一股生生的活气蹿入体内，脚底和耳朵根那儿都有一点点麻酥酥的痒。

赤脚走在田埂上，只要细心体会，你就会发现，每走一步，脚底的感触都是不尽相同的。你感觉到了脚底下泥土的质地——它的韧性，它的温情，它的无限的可塑性和生命力。泥土是大自然的肌肤，赤脚走在田埂上，我们和大地肌肤相亲，就接通了与大自然的原始联系。

这么走着，这么想着，你就会生出一种到了外婆家般的朴素亲情。

不要过多少日子，田埂又会生出许许多多顽强的草和美丽的花。草丛里还会出现蝈蝈、蟋蟀、油蛉、蚱蜢、拜拜天、西瓜虫、萤火虫……你走过田埂，蚱蜢像水一样飞溅起来，蝈蝈赶忙假装成草叶，蟋蟀像侠客一般神出鬼没……

除了各种青蛙，水田里还会出现田螺、泥鳅和黄鳝。青蛙是蝌蚪蜕变而来，泥鳅可能是随灌田的水而来，那么田螺和黄鳝是从哪里来的呢？要知道，它们在水田里出现的时候，就已经是成年的大家伙了。难道它们从来没有离开过田地？可是，田里没有水的时候，怎么就看不到它们，而且，田里没有水，它们怎么过活呢？

我们家附近有一块进小镇的田块，名叫"六分头"。那一年春天，人们把这块小田块填了，准备秋天在上面盖房子。到了初夏，那块已经成为地基的土地上忽然钻出来几条个头不小的黄鳝！我发现我的猜想是对的——黄鳝没有离开过田地，它们一直秘密生活在田里。这是我少年时代的又一个发现。

"白露白弥弥，寒露稻莠齐。"水稻扬花了。稻花太细碎，不太白，不显眼。都说"稻花香里说丰年"，在水稻扬花的日子里去田野里走，觉得胸腔里十分舒畅，觉得天地间宁静而且干净，心境好得出奇。这是稻花香的缘故吧？把鼻子凑近稻花嗅，却嗅不到香，不信，再嗅，还是没有香。抬起头来眺望，鼻孔中又分明有清澈的香气。咦，有点怪啊！

稻子登场了，田野会再次变得空空荡荡，田埂会再次萋萋无依。到了冬天，田埂上的小草枯黄了，小昆虫不知去向了，只有白色的茅草花无忧无虑地招摇。到了腊月廿四的晚上，孩子们吃过糖团子后就到田野里去"叹茅柴"——用火把点燃田埂上的枯草，让一条一条的田埂成为一条一条火龙。老人们远远地站着看。他们说，这样可以烧死藏在草根里过冬的害虫。

草是烧不死的，春风一吹，它们又会在田埂上欣欣向荣。

泥土记不清它曾经长过多少茬庄稼了，也记不清养活过多少辈的人了。一切生命从泥土出发，又回归于泥土。生命不过是泥土的现世。

女娲用泥土创造人类的神话不但是一个伟大的神话，还是一个伟大的寓言。